U0458422

我有一个同事

黄爱东西 著

上海三联书店

图书在版编目（CIP）数据

我有一个同事／黄爱东西著．－上海：
上海三联书店，2012.11
ISBN 978-7-5426-3942-4
Ⅰ．①我… Ⅱ．①黄… Ⅲ．①科学知识—普及读物
Ⅳ．①Z228

中国版本图书馆 CIP 数据核字（2012）第 197053 号

我有一个同事

著　　者／黄爱东西
责任编辑／叶　庆
特约编辑／冯旭梅
装帧设计／Metis 灵动视线
　　　　　TEL.010-85983452
监　　制／任中伟
出版发行／上海三联书店
　　　　　（201199）中国上海市都市路 4855 号 2 座 10 楼
　　　　　http://www.sjpc1932.com
邮购电话／021-24175971
印　　刷／北京京都六环印刷厂
版　　次／2012 年 11 月第 1 版
印　　次／2012 年 11 月第 1 次印刷
开　　本／787×1092　1/32
字　　数／103 千字
印　　张／7.75

ISBN 978-7-5426-3942-4/I・626
定　价：29.80 元

目录

2

3

4

自 序

很多很多的同事

    首先建议一下，如果你对这本小书有兴趣，那么跳过这篇序，直接看正文。

    因为这篇序算是写给自己看的，再稍微转身惦记一下我的那些同事们——用报纸的习惯编辑用语来说，那些"对该选题亦有贡献"的同事们——还有，写这组稿子的那段愉快时光。

    这组稿件在若干年前，以专栏形式刊登在《21世纪经济报道》上。专栏的名字，叫《我有一个同事》。

    毕业之后基本上都在从事传媒工作，电台电视台报社杂志，如果同单位同大院都算同事的话，那么说起来我有很多很多的同事。

写这组稿件的时候，我在南方报业集团大楼里面当编辑，这一直是我最喜欢的工作。这栋大楼，当年应该是一大群喜欢做报纸的疯子们的理想乐园。大院里有出版社，有印刷厂，有饭堂，有招待所，当然，还有许多报纸和杂志：《南方日报》、《南方农村报》、《南方周末》、《南方都市报》、《21世纪经济报道》、《城市画报》、《南方体育》、《21世纪环球报道》、《书城》……我可能还数漏了一些。

光是大院里面的报纸及杂志社里，就有多少记者和编辑？没数过。那些版面每天会吞掉多少稿件？也没数过。身为爱做报纸和爱读专栏的发烧友，记得那时的专栏真热闹，每天光是看本集团各家兄弟姐妹出版之样报样刊，浏览一遍大标题，再飞快扫一眼所有专栏，就花不少时间。

大院里的编辑们可以给自家媒体写专栏，也可以给别家媒体写。当然，那么多热闹的版面，好的华语专栏作者大受欢迎。如果有人根据历年这个大院媒体上刊载过的专栏，在世界地图上贴小红花标出那些作者们的所在地，估计红花会开遍全球一二三线城市。

……说了一通，我想说什么呢？我想告诉大家当时我有多愣和多缺心眼，所以先略为介绍一下发生这事儿的背景和气场。

当时，在我每天兵荒马乱地做报纸的时候，身边的不少同事在完成本职工作之后还游刃有余地写着他们各有所长术有专攻的个人专栏。

其时，《21世纪经济报道》专栏版面阵容豪华，还有点另类：《南方周末》当红的《小强填字》的作者王尔冈在上面写电影专栏；擅写时评的连岳在上面以专栏的形式写他的小说连载《格列佛再游记》——那是小说吧？抑或其实真是专栏？我到现在没太弄明白。《城市画报》的主编细细在上面写亲子专栏《妈咪爱》，我每期关注她眼中女儿TT的言行……责任编辑是黄茵，后来是陈海萍。

除了当编辑，我只会写点嘀嘀咕咕自言自语，想都没想过和他们一起在那上面写。

冷不丁有一天，黄茵来找我，说鉴于我在工作餐饭桌上的怪话连篇，文科同事们也时不常会来问些诸如鱼是否嘿咻的搞笑问题，所以稿费可以商量，让我写科普专栏。

——那时候还没有科学松鼠会，科学家们都没空，偶尔一个半个号称是科普的珍稀专栏，那叫一个难看……你看其他同事们除了业务专精，都另外练有独家秘技，既然写专栏，当然擅写的类型越多武功越高内力越强……然后，某财迷就一撸袖子，说："行。那啥……稿费真的有商量？"唉，我这白痴。

之后要想栏目名称。原本是打算叫做《我有一个朋友》，因为大家有时候不会直接以第一人称提问题和说事情，而是会说，我有一个朋友，如何如何。而自己当然是自己的好朋友。

最后决定是《我有一个同事》，因为这份报纸多数读者是会在办公室里看。专栏内容是性科普。抓耳挠腮半天，我决定真找我同事们的麻烦，然后用理科生在宿舍八卦资料的路数胡写。也没有别的办法了，写稿满处找资料刨资料的时候，我那个后悔，我在学校真没有好好念书，当年最用功刻苦的同学们之身影在脑海中纷纷浮现。

……

很快事情就开始好玩了。

——邮箱里开始收到各路同事们看到的新闻和资讯，只要他们觉得是我那个专栏有可能用到的，就扔给我；

——会有相熟的同事在我办公室聊工作之余就开聊这个专栏，提供别的同事的花絮；

——会有不熟的同事嘻嘻哈哈地跑到我办公室，告诉我关于谁谁谁的乐子；

——还有同事学习了哪本书哪些资料，就直接贡献给我了。

到后来基本上我觉得这个栏目有点像"大家乐"，整个报系不少同事很高兴地"志在参与"。

也有让人晕菜的事情。兄弟报系的同事在论坛上开玩笑和编段子，说某人身怀看一个人手掌还是手指的长度就能计算出某器官长度的特异功能，所以全大楼的男同事看见某专栏作者，就把手藏起来……其实专栏里根本没这个内容。

知道是他们编排我，看完一笑了之，然后忽然想起一件事——当初我一撸袖子要多练点专栏秘技的时候，我我我，我还居然完全忘了自己是个女的。是是是，多年以来和同事们相处起来都很中性，可是……这回我不是一般的缺心眼呵——我还真是活该。

才想起这样的乌龙不是第一回，大学四年级选课的时候，我一看选修《动物繁殖学》是4个学分加上实验3个学分，一举可以拿下7分，而选其他的课最多也就是2分甚至1分，我这懒人就哭着喊着选了这门。结果到了上课时——我还迟到——赫然发现只有我一个女生。男同学和男教授都瞪着我一阵愕然。

好吧，也多亏学过这门课。毕业多年以后，写这个专栏的时候，估计挺多的同事看见这人如此之瞎折腾，多少也有点当年同学和教授瞪着我时的意思。

……就是这样，有了这本书。书里的几乎每篇稿子，都有我当年那些同事们笑嘻嘻的身影闪过，影影绰绰，都可以对号入座。

是为序。

黄爱东西

2011年10月31日　广州

倭黑猩猩的PDA

我有一个同事，在听我略略提起过倭黑猩猩的社交手段及它们维系社会稳定的方法之后大感兴趣，迫不及待地说那你的专栏这篇就写这个吧。

我连连说不要着急嘛，我还打算写个开栏语什么的先来个闪亮登场，介绍一下原先想的一些花里胡哨的专栏名字，顺便手搭凉棚眺望一下历史，再和大家一起复习一下生理卫生知识，起码三个月以后再一步一个脚印地迈向主题……

算了那就先说倭黑猩猩的事。倭黑猩猩和大猩猩比起来简直是名模，身材更优雅苗条，头小、脖子细、腿长，走起路来更像人，背挺得比黑猩猩直。倭黑猩猩和黑猩猩一样，至少有98%的人类基因。

　　但是，倭黑猩猩实在是被发现得太晚了，1929 年它们才正式在扎伊尔的热带雨林里被发现。如果早一些发现它们，也许对人类祖先形象的描绘会完全不同——现在我们的祖宗形象完全以黑猩猩为模本：好勇斗狠、等级森严、攻击、脾气火暴、男性主导。研究倭黑猩猩的博士说："黑猩猩用权力解决性爱问题，倭黑猩猩用性爱解决权力问题。"

　　不过，你也可以这样看，科学家简直是发现了一个个的流氓团伙："倭黑猩猩用性活动来滋润群体间的和谐关系，性活动包括所有可能的交互形式和联合形式：雄性和雌性之间，雄性和雄性之间，雌性和雌性之间，甚至于幼猩猩和成人猩猩之间。性行为包括性交、性器官对性器官的摩擦、口交、互相手淫，甚至还包括人们以为他们拥有专利的行为——法式接吻。"

　　科学家们早就料到大家难免都会有些不正确的想法，所以解释："它并不像人们想象的那样，它不是由追求性高潮或寻求发泄所驱使的，它也同样不是为繁殖后代而驱使的。性行为对于倭黑猩猩来讲是很随便的，它很迅速，一旦你习惯了，它就像任何其他的社会交往一样了。""性是存在的，它很普遍也很重要，如果没有性，倭黑猩猩群体就会垮掉。"

也就是说，如果你是只倭黑猩猩，那么不论男女老少，你和别人打个招呼，不是笑着说"Hi"，而是来一下；你劝别人别生气啦，不是拍拍肩膀，而是来一下；和别人打架，和解了，不是握个手，摆一桌英雄宴，而是来一下……反正以此类推，你自己发挥吧。

还有，很多浪漫故事片里和现实里的男女在成其好事前常常会好好吃一顿烛光晚餐，可是倭黑猩猩们不，它们弄到美餐之后，先亲热，后开饭——这情形有点像韦小宝："好双儿，大功告成，亲个嘴儿！"

20世纪80年代，人们把公开亲热称为PDA（Public Display of Affection），而倭黑猩猩则完全靠这种PDA来维系它们的社会稳定，用性来安抚、团结、战后和解、巩固联盟。

或者从今以后，我们除了推断好勇斗狠者的祖先和黑猩猩的关系，还可以把尤物的祖先看成是倭黑猩猩的亲戚。还有，处理日常问题的行为模式多了一个参照：黑猩猩还是 PDA。

内存的15种型号

相信我的大部分同事都会同意电脑是个好东西，当然我也很同意。

因为这让我打起比方来容易多了。比方我可以说，在漫长的、以繁殖为首要唯一目标的进程里，大自然给大家都配了这方面的"电脑"。比喻不一定精确，但大致你可以这么看。在这个比方里，和男性的生殖相关的"电脑"之"硬件配置"比较清晰——你可以把阴茎看成是奔腾的芯；而睾丸，你可以看成是内存；主板嘛，关乎身体的整体素质。

之所以大致上把睾丸说成是内存的原因，是因为睾丸的体积与质地是判断男性生殖内分泌功能的主要参数之一。

这就和我们基本的电脑常识很一致了，如果是奔腾4的芯片，最好有 256M 以上的内存，另外，出于我们的贪心，硬盘也越大越好。

很多技术兼 DIY 爱好者喜欢在碰一台陌生的电脑前先查一下它的硬件配置，如果愿意，也可以查查自己的配置。

检测此种内存的常用方法有两种，第一种比较像科学家和工程师喜欢用的方法——用卡尺量，测量长、宽、厚。用这种办法的测定值可以计算睾丸体积指数，结果 =[（右睾长 × 宽 + 左睾长 × 宽）1/2]。

另一种显得很速成——标准化的睾丸计，形同睾丸的椭圆球状木质和塑料模型，一共 12 枚，标号是 1—6，8，10，12，15，20，25ml，只需对号入座。还有一种推压环式睾丸计，一共有 15 种型号：1—6，8，10，12，14，16，20，22，26，30ml。

据说此种"内存"的大小有一定的种族差异性，其平均值兹列如下：中国：15—26ml；日本：13.8—21.4ml；美国：21.2—28.4ml。还有，正常人睾丸容积与精子计数呈正比关系。

　　不过，所有的事情太过分了都是不行的，巨睾症是脆性 X 综合征（fragile X syndrome）的常见体征之一，病人除有此症之外常伴有严重的智力障碍；严重的甲状腺功能低减伴黏液性水肿也可能出现巨睾症；而单侧的睾丸增大，则要考虑肿瘤的可能性。同事们说，前一段时间电脑的内存极其便宜——当然，在真的电脑上，不论你搞多么大的内存，都不至于会出那么大的乱子。

有些时候不能笑

基本上，如何开始和异性亲热，步骤一二三、表情 ABC，我们的经验或多或少都来源于小说和影视作品，自己摸着石头过河的奇才比较少，尤其是在城市里。

在大家习得的经验里，追求和接近幸福快乐的态度要端正，要认真，要全神贯注，要深情款款，要一脸陶醉，要双目迷茫，要如释重负，要天旋地转，要喜极而泣……就是没有嘿嘿笑。也是，在这种"对手戏"里，中途忽然有谁笑了出来，那简直就是笑场，对手不是觉得自己很傻就是不知所措，重来还是继续，实在是个问题。

科学家们解释过，大部分人在追求幸福快乐之旅程上不会有笑场的这个问题：一般情形下大家觉得快乐就会咧嘴笑，不过在和异性亲热时虽然觉得快乐也不会笑，原因是快感和笑神经没啥关系。另外，笑让人放松，快感则是要经过全身紧张全神贯注的努力之后才能彻底完成和放松。

——所以在这种情形下发笑，通常意味着发笑者已经单方面放弃了事前双方达成默契共同追求快感的这一次努力。虽然大部分人不一定知道科学家们的解释，可人是多么聪明的动物，所以正在努力的另一方马上会觉得自己很傻／尴尬／挫败／不知所措或者干脆是恼羞成怒。

类似的情形是有同事说起他的一个朋友在做这种双人游戏时，女友忽然随着床头音响里用来助兴的音乐节奏哼起了歌。还有，青春片里除了手忙脚乱之外女孩怕痒而咭咭笑了出来。

最怪异的例子还是来自影视作品。在一部叫《一切从性爱开始》的法国片里，女主角每次都坚决要求在紧要关头用被单、毛巾之类蒙着自己的头，理由是她每到高潮会发出狞笑。不过没关系，她还是招人爱。

　　其实在生活里还是态度放松的人乐趣多多，据说在科学家们发现倭黑猩猩之前，让人类自豪的其中一点就是，我们能够不以追求繁殖目的和快感而亲热，例如，亲吻拥抱道别。

　　如果碰到笑场的情形，比较好的反应是——你也笑就好了。笑完之后，一二三四，再来一次。

勃然大怒悟空版

除了悟空，一向对猴子都没什么好感。原因是单方面的——我觉着它们很流氓。大学时候我们要做兔子的胚胎移植实验，然后再做猴子的，所以，得先去想法子让兔子交配。兔子和猴子养在一个屋里，我们就去了。选修动物繁殖的就我一个女生，一进去，关在笼子里的猴子们就冲我龇牙咧嘴地竖起阴茎……我的天哪，后来，无意之中一扭头，它们马上又表演了一次。

再后来，我当然不能一点进步也没有，我长了点知识：在众多灵长目动物中，雄性动物把展示自己的生殖器作为一种威胁对方和显示支配地位的方式。人种学家艾伯（Irenaus Eibl-Eibesfeldt）观察的结果——当几群黑尾长猴进食时，有几只雄猴会背对猴群坐着并且展示出它们鲜亮的红、蓝颜色的生殖器。如

13

果有一只不熟悉的动物接近它们，它们的阴茎会立刻勃起，脸上还作出恫吓的表情。

还有个科学家，什么名字可是真的忘了，也观察过一只小猴子，他的办法是让猴子照镜子——猴子看到了镜子里有只猴子，于是，也亮出了自己"鲜红的尾椎"向对方威胁示威。性学大师弗洛伊德对此大感兴趣，专门写信给这位科学家询问关于猴子的这种"令人尴尬的"、"如此不礼貌的习惯"之情形。

我算是彻底明白了北方话里"猴儿献宝"是什么意思了，由此也知道了《红楼梦》里王熙凤嘴里说出来的这个比方是个挺糙的话。另外有个儿童节目里有三只小猴子，著名的"天线得得B"，每每见面就互蹭肚子问好，动作完全源自猴儿献宝，估计编剧完全不知道这回事。

有鉴于猴儿们干的这种事情是为了威胁示威，我专门在 VCM 上问同事："男性在愤怒／威胁别人的时候勃起吗？"

他的答案当然是"不"。

不过科学家已经发现了勃起的功能除了表示动情之外从前还表示威胁，这就不能不让他们再进一步探讨真正在现实的人类社会里耍流氓的人神经是不是有点短路了——理由是，性心理变态的"露阴癖"者，暴露阴茎和暴露身体的其他部分比起来，显然还是前者更有威胁性。可是，如果他们这么干是为了要威胁，就不应该选择以女性为对象，而是应该选择男性。

性感部位经纬度

说起性感部位，你是不是觉得很简单？成熟些的答案:胸腰臀;纯情些的答案：眼睛鼻子嘴;小资一些的答案：脖子胳膊锁骨;《诗经》里的答案:"青青子衿，悠悠我心"（现在看来《诗经》和小资的口味还是比较接轨的）;古龙的答案：笔直的双腿，并在一起时一点光都不透……

我有一个同事某天拎着本境外杂志跑进来问：当女性看到裸男照片时，她们通常先看哪些部位？按我的理解，他想知道的大概是——女性觉得男性身体的哪些部位比较性感。

当时我有点推诿地说，恐怕我不能成为调查里的标本，看到这种杂志封面我通常先去看他们把人像放在什么位置，为什么会放这个位置，封面标题怎么压，这张封面照片大概的成本之类。

还有，先看模特的脸（看有没有娱乐新闻），再看拍照的是不是大师……

稍后我才在女同胞里调查了一通，答案如下：

——英俊的脸。不过为哪张脸比较英俊就争持不下，并且有人喜欢胡子茬有人不喜欢，最后达成共识的是下巴中间"有一条缝"的比较好。

——可以放心地依偎的胸膛。已经开始不知所云，胸围多少才达标，完全没有硬参数标准。什么叫"可以放心依偎"？

——浓密的胸毛和体毛很性感。

——专注的神情很性感。

——穿干净衬衣的男人很性感。

——穿灯芯绒裤的男人很性感。

——穿干净衬衣加鸡心领毛背心的男人很性感。

——穿运动衣的男人……

越穿越多。不穿的呢？

她们说，等他不穿的时候，太晚了吧？

曾经在网上看过类似调查，答案是：①高大英俊；②宽阔结实的胸脯；③腿毛；④大阴茎。

估计很多男性认为女性觉得最性感的应该是第四个答案，虽然每次各种各样的调查结果都表明不是，可是他们好像还是不太相信。其实科学家也颇困惑，因为对人类来说，大阴茎很显然是某段时期先祖们杂交并且进行精子大战之后进化的结果。在先祖们不穿衣服的时候，大阴茎也许可以有炫耀的优势，可是人类穿上衣服之后，一轮追逐下来，等女性能够看到阴茎的时候，好像一切已经太晚了。

没人搞得懂为什么男性觉得大阴茎是他们唯一性感的部位，其实对女性来说，一切凭她们自己高兴，她觉得你性感，你就到处都性感，而且，她们觉得你性感的时候，你通常都穿着衣服。

18

新车落地磨合期

打从写这个专栏开始，我就差点没跟个花痴似的追着同事问一些不三不四的问题，或者追着要他们问一些不三不四的问题。

有一个同事在借唱片给我的时候说，他们是恩爱夫妻性冷淡，就算想起来要搞搞运动，也每每以笑场鸣金收兵。还有一个同事，也没借唱片给我，就说，情侣相处久了没啥新花样。

那是一开始就没有磨合好——这回和科学家没什么关系，是行为学家说的——人和人交往，开始的三到五分钟之内就决定了他们以后交往的方式：被动的、主动的；付出的、接受的；保护的、被保护的……

同样道，两个人从探讨爱要怎么说顺利发展到探讨爱要怎么做，开始的三五次也决定了他们以后的做爱方式。抱着熟悉之后再慢慢探讨的想法真是大错特错，所以杂志上会有结了婚 15 年的夫妻，丈夫试图改革一下妻子却翻了脸的逸闻。

一般来说新车落地都有个磨合期，经常有人开着新车一跑上千公里就当成磨了车，殊不知磨合期里你最好是各种挡位都开一下，开够那个公里数才比较好。还有一本书，叫《自己享受性》，从性的角度将读者同一个收音机听众作对比："问问自己为什么不胡乱摆弄接收器。你多久享受一次在瞎弄旋钮时偶然碰到的一个意料之外的节目？"

绕了那么久无非是想说，谈个新恋爱诸多麻烦，从"平时你都爱看什么书、碟、大片，爱吃什么菜，都去哪里玩"开始，要一直重新适应到互相"胡乱摆弄接收器"。

对于已经开着车一跑上千公里就当成磨了车的同事来说，最好回去商量一下，再磨合一次。当然，这要以双方之中的任何一方都不翻脸为前提。

不过，对于正在谈恋爱的同事来说，好处是，可以在磨合期里充分地把各种挡位都开一下。

为什么是猫叫春

刚过去的春节，完全是记忆里最和风煦煦温暖抒情的春节，从年廿五到正月十五，日日蓝天白云阳光普照，为花市的花开得万紫千红及花城的人穿得花枝招展提供了过硬的支持。

在放完春假回来上班的第一天，就有新婚的同事用手推车推着喜糖花生柚子之类挨着办公室派发，当然，按照广州的习俗，还少不了向未婚男女派送利市（压岁红包）。大家基本上都吃着喜糖喜饼拿着红包春风满面地祝他春情勃发。

上班之后一个同事打着哈欠来要茶喝，说是春困。这当口我正在 VCM 上问另一个同事，是否知道为什么说春情勃发，而不是夏秋冬情勃发，为什么是叫春而不是叫夏秋冬。回答是："勃起，发情。""春天，大地回春，大家都开始发情。""春天解冻，天地

万物苏醒。"……唔，都是些什么啊。

其实叫春之类的说法超过三百年了，明代的一个和尚志明作诗《牛山四十屁》，其中的一"屁"说："春叫猫儿猫叫春，听它越叫越精神。老僧也有猫儿意，不敢人前叫一声。"

民间的说法经常有大智慧及真理在焉，如果查究科学道理，就会知道这一回科学道理支持春情勃发而不是夏秋冬勃发。

兹将科学道理汇报如下：春天开始，白天的日照开始变得比较长，春暖花开之时，阳光下的脑部视束交叉细胞核会刺激松果腺，减少其制造降黑素的数量。

降黑素其实是一种性舒缓剂或者抑制物，春季白天中日照时间较长对降黑素制造的控制特别有效，而降黑素数量的减少，结果就是情欲的挑起。所以，春情勃发。所以，叫春。

至于那位春困的同事，那是晒太阳晒得不够吧？

有一阵子我有两个朋友（夫妻）曾经兴高采烈地向我隆重推荐一种叫褪黑素的药，说是美国空军吃了倒时差的，保证没有副作用。当时看了看说明，也是说作用于松果腺，他们俩说，吃了可以半小时就睡着，早睡早起身体好啊什么的，女的还说，吃了没准会变白呢，当时没觉得有什么，只是觉得药不能乱吃，没副作用那也是药啊。

现在想起来……哈哈哈哈，笑死我了。

著名春药之八卦

在伟哥之前，在传说里，还是有很多春药。

相信我的同事们，起码是长居广州的同事们都会知道西班牙苍蝇。传说嘛，都是经过众口悠悠，辗转相传。而我当然也是在广州人口里听到。

不说不知道，一说吓一跳，传说中的挑情圣物实际上不是苍蝇，叫西班牙苍蝇，而且称之为苍蝇也可以算件错误的事情。这是一种很小的甲虫，不属于苍蝇类。另外，能够吓人一跳的是，西班牙苍蝇是一种毒虫，一本非科普类的书籍里记载，它们毒得足以致人于死地。

甚至有人说，如果没有这些仅几毫米小的昆虫，也许整个世界的历史就得重写，理由是——如果没有西班牙苍蝇，也许人类历史上就不会有那么多宫廷内部中毒身亡的事件发生，强弱对比就会发生逆转。

不过西班牙苍蝇雄蝇的毒液对于雌蝇来说则是迷魂汤，但这也和人类没多大关系。和人类发生关系的除了被用作毒药之外，就是古老传说的来历：西班牙苍蝇生老病死之后，它体内的毒素会都浓缩到背上的甲壳里。古时候，它们被研磨成粉末，作为一种偏方敷在病人的伤口处。片刻之后抹上药粉的地方就会显出烧伤般的红色，冒出丝丝气体，周围随即出现一圈水泡。通过这种以毒攻毒的办法，人们希望能排出身体内的毒素。

现代科学则证明微量地服用这种"魔粉"可以治愈水肿、胸膜炎、肾炎或膀胱炎等疾病。但是，虽然西班牙苍蝇粉显示出有极强的排泄液体的能力，对尿道却有极大的伤害，而且在使用这种方法治疗病人的时候，患者还感觉到一种病理性的性冲动。"开始时人们以为又发现了一种疗效神奇的壮阳药，却没料到随之而来的却是死神的召唤。"

在我同事借给我的《身体证据》里记录了这么一桩案子：1954

年，英格兰一位名叫阿瑟·福特的药品批发公司总经理狂热地迷上了公司里一位叫贝蒂·格兰特的迷人女秘书，"但是他的热情没有得到回报"。

于是福特从公司的储藏室里偷了些斑蝥素，斑蝥素是从俗名叫"西班牙苍蝇"的干甲虫中提取出来的。第二天，福特拎着一袋糖果出现在办公室里……福特的计划显然出了差错，办公室里还有另外两位女生，而福特自己也吃了那些糖果。

这个糟糕透顶的勾引（或者说是迷奸）计划的结果是，福特被救了回来，而两位女生死亡，包括他暗恋的那个贝蒂。还有一个女生，也不知道是正在减肥还是警惕性高，没吃那些糖。福特在接受警方询问的时候，承认他把西班牙苍蝇粉混到了糖果里。在受审讯的时候，他承认犯下杀人罪，被判五年监禁。

看完这桩案子，相信可以得出的其中两个教训是：教训一，胡乱相信传说有时候真会铸成大错，特别是在同事之间；教训二，别吃男同事拿来的糖果。

叫和不叫的问题

"春眠不觉晓，处处闻啼鸟。夜来风雨声，花落知多少。"如果非要把名句弄成艳句，那么以上这段可以形容叫床里的古典派：娇啼婉转。

在电影《当哈利遇到莎莉》里有一段搞笑情节——哈利向莎莉夸耀自己颇为威猛"能干"，莎莉则对此嗤之以鼻，接着就来了一段声色俱佳的叫床，在餐厅里，饭桌旁。全餐厅的人都为之侧目，邻桌一位妇人更是目瞪口呆。当侍者问这位妇人要吃点什么时，她说："噢，我要她吃的那种奶酪。"

分别在办公室里问两个同事，第一个，问的是："你叫不叫？"他大叫："你干吗啊你！"第二个，问的是："你喜欢女的叫还是不叫？"回答更加简洁："呸。"

好像这个问题颇为切中要害，都不肯正面回答。

后来有同事回应探讨："应该说叫床不是重点吧？"

……唔，但那是女性让男性觉得满足的其中一个重点。

而且我知道有些女人叫得一口好床，哈哈哈，如果不是男生喜欢，干吗练习这种古怪技术？

噢不不不不不，我可都是在饭桌上听来的，吃到／说到高兴之时，有女友当场表演，可遇不可求，我可没有机会听现场。不一定需要是演艺界的人，女性基本上都知道，像莎莉那样来上一段不是太难的事情。而且声音这回事，如果处于清醒状态，有些人只会是叫得更好，比如歌手。

如果拍喜剧，叫床是一个发挥的好细节，前一阵子的一部港产片《买凶拍人》里就有一段，贵妇被人偷拍激情录像带，还被人说像条死鱼，录像的特写就是她叫床的脸部表情——真的很像死鱼。让人发噱的是，本来光听声音还不算是太"死鱼"的。

好像应该开始正经讨论真正的叫床问题——在著名的《金赛

性学报告》里，有人写信问编辑："女性在高潮时会哧哧地笑是正常的吗？当我高潮时，我总是笑个不停，我很害怕小孩或邻居会听见我的笑声，这种感觉真不好。"

答案是："尽管没有资料指出有多少人的反应和你一样，但我们可以肯定地说：女性和男性高潮时不自主地发出声音是很寻常的(例如呻吟或喊叫)，哧哧地笑也算正常的'不自主的发声行为'。"

既然是"不自主的发声行为"，一般来说有好听也有不好听，一定要分辨真假的话恐怕要去仔细听喘息的声音。

相对来说，男性对女性叫床的宽容度会高些，最近在网上看到的帖子，男性最受不了女性的"不自主的发声行为"情形如下："刚开始一切都好，后来她突然叫了起来，她的叫法居然是：'驾！驾！驾驾驾！'活像大漠荒野中骑着马的女侠……""当时她是在上面。""她那种叫法谁能忍受？害我当场就败下阵来。唉！真是丢脸啊！"

胸毛茂盛玩具熊

说起来同事里颇有些专栏高手，而且最好玩和享受的事情是你马上可以向他们汇报读后感，这真是专栏爱好者心目中的理想乐园。

好处当然不止这些，连带生活好像也不错起来，想听唱片的时候问问搞唱片资讯的同事，想看电影问问写电影专栏的同事，当季哪些衣帽鞋袜值得下手乃至于生命中的荆棘生活里的跳蚤……通通有专攻此项专栏的同事。当然当然，所有意见都是仅供参考，后果自负，可是看上去听起来已经是太不错太幸福了，难道不是吗？

前同事在他的一则专栏故事里说，全城的女人都为一个胸毛茂盛的男人所迷，男主角骂了句"你个玩具熊"，就引发了打架。

看的时候就笑喷了。

现同事在他的一则专栏里提到汤姆·克鲁斯到香港亲自宣传新片《香草的天空》（*Vanilla Sky*）的事。看完专栏我就去和人家讨论说，那次的盛况我看了报纸，汤一脸胡须，很样衰嘛，用那谁谁谁的话来说就是，那个玩具熊。现同事回应说，他以为成熟女性中意胡子。

我觉得那是想当然。那么久了，我认识的女友和同事里只有两个声称喜欢大胡子，现在只剩一个，另一个被吓得放弃了。因为我和她说，科学家们专门为大胡子做了一次实验：请一位大胡子和一位剃了须的男士一起在市区里逛一圈，然后分别和参加这个实验的女士接吻，女士的嘴唇和下巴等区域经过严格的消毒，然后在女士经过消毒的区域取样检验，看看两位男士给消毒区域带来了什么样的"污染"。

实验结果令人发指，科学家可以通过那一吻得知大胡子逛过的所有区域、当天和隔天的进食菜单……取样里甚至还有墓地的尘土和植物孢子。留着大胡子相当于随身携带了一个我们到户外捕捉昆虫的那种网筛，收集所有微粒。

这是个很著名的实验，据说实验结果一经公布，全地球大胡子人数骤减。

实验之外的调查里也有很多女性投诉，和大胡子进餐之时看到胡子上挂着饭粒或者面包屑，沾上了汤汁……感觉非常尴尬困惑，不知道应该当面指出还是视而不见。

如果按民间说法，毛发茂盛是件好事，因为身体好才会毛发茂盛，毛发茂盛则反过来证明了身体好。而如果按科学的说法，胡须胸毛茂盛是雄性激素的功劳，虽然雄性激素太多了也是秃顶的罪魁。所以，理论上大胡子应该比较性感。

不过，估计是出于卫生上的原因，现在大部分女性的选择显然经过折中——毛发茂盛的男性刚刚刮干净了的带着青青胡子茬的下巴，看上去还是不错的。

易学难精的技术

如何让女性身心都快乐乃至于极乐，越来越成为备受关注的问题。

理论和舆论都开始倾向于提供如下标准：衡量一个男性的某种能力，不是看他遭遇了多少个女伴，而是看他让女伴遭遇了多少次极乐。

相对于新标准而言，旧标准比较简陋，基本上是男性单方面的论持久战或者数字堆砌，也就是简单计件。

而新标准其实也并不深奥，只加进了一条——互动性，光是你自己说好是不行的，要双方都说好。事情由此开始变得麻烦和复杂的地方在于：对男性来说，他们说好可以有明显的硬指标支持，而要女性说好，她们的硬指标很不明显，还可以伪装。

在什么都需要科学和论据支持的现代生活里事情是这样的——大家的幸福生活都可以经过学习和努力来达到，你拿着学士硕士博士文凭加上国际商务师精算师证书加上精通法语德语再加英语八级，起码可以证明你的学习和考试的技能不错，得到一份好工作的机会大大增加。

但是幸福生活的另一大组成部分还包括你吃喝玩乐以及让他人快乐的各种技能。事情一旦变成技能变成技术活，就开始要勤学苦练了。你让伴侣快乐的能力如何，基本上属于易学难精的那种技术。

科学家为这门技术研究发现和提供了一些关键资料，为新标准提供了强有力的支持，理论上为每个人都可以达到新标准铺平了道路，足以让从前的俯卧撑冠军失落得吐血。

科学家们认为，任何男性只要清楚地知道女性的A、G、U三点并予以恰当的刺激，就能令女性到达极乐的峰点——A点，最近刚刚被发现，位于G点和子宫颈的中间。G点，1944年，格莱芬博格首先注意到这一位置，但是直到 1982 年，通过一本畅销书的宣传，G 点才广为人知，是阴道入口处 5 厘米左右的一个豆粒状区域。U 点，位于阴道入口处 2.5 厘米左右。人们经常把它同 G 点搞混。

不过事情在实际操作的时候并没有那么简单和乐观——在一次向 2350 名美国职业妇女（卫生和咨询人员）发出的有关阴道敏感性问题的问卷调查中，有 1289 名妇女寄回了问卷，应答率达到 55%。

在应答者中，有 84.3% 的妇女相信在阴道内存在一个敏感区域，如果刺激它就会引起愉悦的快感。而有 70% 的妇女认为确实存在这样一个区域。应答的妇女中有 65.9% 报告她们认为自己的阴道内存在一个敏感区域，其中 72.6% 的妇女在刺激这个敏感区域时获得性高潮。感觉到的敏感点位置在前壁的占 55.1%，在后壁的占 7.3%。

"有 84.3% 的妇女相信……"，那些还是卫生和咨询人员。她们报告的敏感点位置，有的靠前，有的靠后。

　　写稿的时候我问一个同事："请问，A/U/G 点 的 准 确 称谓?""……?！"她根本不明白我在说哪一国的话。

闻闻你有多性感

在著名的"汗衫实验"里,科学家们让一批男人洗干净自己,然后穿着统一发放的干净汗衫睡一夜,之后收回汗衫,分别密封在塑料袋里。科学家们又找来一批女人,让她们逐个闻这些密封袋里汗衫的气味,闻完之后让她们指出觉得哪件汗衫的气味最吸引。

实验结果很不错,女人们通过她们的嗅觉投票选出来的魅力男士,和她们通过视觉选出来的结果相符。

这次实验还有一些副产品,比如女人们倾向选那些和自己差别比较大的男人,觉得他们更吸引;气味接近的那些男人,她们觉得那像她们的家人或者兄弟。

女性的嗅觉一直比男性好，所以一直是女人抱怨男人不洗澡不洗头袜子有味道，或者是盛赞某男人身上的"微带滴露药皂清香的汗味"——在这里，"药皂清香"意味着某种程度的洁癖和刚洗完澡不久；汗味，则意味着体味，一个完全不让人觉察到体味的男性是很中性的，荷尔蒙分泌不足，当然吸引力欠奉。有些具备较好生理常识的女性甚至可以嗅出男性体味中雄性激素的气味是否浓烈。

所以，一句看似简单盛赞的话语其实含义也很简单含蓄，翻译出来也就是：这真是个爱干净的荷尔蒙分泌充足的男性。

较好的嗅觉甚至让一些女性对自身的体味如临大敌，滥用各种去味剂，尤其以各种各样的阴道盥洗剂为甚，搞得专家们频频呼吁她们慎用。

有时候，男性的嗅觉虽然没有女性好，但那是一个整体水准，出类拔萃的个体反而是男性，例如，著名的闻香师和调香师。很有一些男性报告说他们也喜欢女性的体味，例如女性阴部的气味，让他们觉得——冲动／舒适／温暖／性感／海洋，等等等等。还有人报告说……那里让人想起生蚝的美味。

据说在文艺复兴时期男男女女对嗅觉均比较擅长，那时候就已经总结出用带冷香的花卉调制的香水能让一个女人被人觉得苗条些，而用动物香气诸如麝香之类调制的香水则可以让一个女人被人觉得丰腴和肉感。

这足以解释三宅一生 CK 阿玛尼 212 之类香水的热卖——在这个推崇骨感的新世纪，女人们当然选择被人闻起来苗条些。

凡事有例外，不是所有的草木香都是冷香。闻起来带东方情调的女人好像还不错，不过东方男人闻到之后作何感想很难预料。最美丽而恐怖的故事居然在我同事的身上发生——某个男同事满脸于思地说，他闻到某个女同事身上"有殡仪馆的味道"。

大吃一惊之后我绞尽脑汁，最后得出的结论："人家才不需要你安慰，人家家里才没有丧事，你个没品味的东西，人家用的香水里有檀香的成分，诠释神秘的东方文化。"

做得越多爱越多

　　我的一个女同事基本上不介意加班，她说，待在家里一天还可以，超过一天无所事事，就会像热锅上的蚂蚁。加班的结果，是她的男友只好在这个城市里另外一处的办公室加班，时间差不多了就打电话来问她干完活了没有。当着我们的面接完电话，她只好言若有憾地说他有点黏人。

　　而我的一个朋友在听说这件事之后则替他的同事羡慕得眼珠子都要掉出来。朋友的同事经常出差，而同事太太温婉可人，在家里专心做专业家属。但是有一样——丈夫出差，太太就投诉睡不着。

　　面对如此热爱工作的好同事和朋友的同事，沉溺性爱的说法当然用不到他们身上。可是沉溺性爱肯定不是缺点，甚至可以这样说，沉迷工作和沉迷性爱是咱们人类身上并驾齐驱的两大优点。

很少有动物像人那样一年到头二十四小时都可以开展性爱活动，而如果把工作类比觅食的话，也很少有动物觅食觅得如此地勤奋，简直是憋着要把八辈子的食都觅回窝里。别的哺乳类动物还真没这么干的，吃饱了这顿不想下一顿，先歇着发呆打盹儿。

据来自苏格兰的最新研究——性是女性脑部的爱情自然饮剂，妇女的性与爱成正比例，性行为愈多，爱得也愈深。爱丁堡大学的伦格教授说，性爱行为会产生一种叫做催产素的荷尔蒙。如果一个女子对男伴一往情深千依百顺的话，未必是由于该男子的魅力，而是女方脑中的催产素作祟。

这次用来做实验的又是倒霉的耗子家族。这一回，科学家居然找到了一种草原鼠，喜欢二十四小时不停做爱，沉迷于交合多于繁殖所需，跟人似的。科学家就在这种耗子身上发现了这种荷尔蒙。实验结果是，关在笼子里公母耗子，在没有性接触的情况下虽然还是挺恩爱的，但如果给母耗子打上那么一针催产素，母耗子就会与公耗子大好特好，并从此厮守终生。

伦格教授认为人类大概亦有同样的情况，堕入爱河的秘诀也许是"四十八小时激烈肉搏"。他补充说："持续的性行为可以加强爱意，使爱火重燃。"

……如果是这样，那我也自作主张地认为，天天扑出来上班的女性，体内催产素水准集体偏低。非常担心女同事们的男友们，日后大伙儿加班之时，不是打电话上来，而是手握一管针剂，杀将上来。

充气娃娃及其他

我的一个女同事，在自己做概念版玩具的时候指着一张照片和我说，她很欣赏："很有内容啊。"那是一个俄罗斯士兵搐着个充气娃娃的照片。

网上经常可以看到一些推销邮购这种充气娃娃的成人性玩具站点，兼且号称那充气娃娃是某国某国之著名什么什么小姐真人倒模，还有名字。

看着同事那一脸天真纯洁的表情，我有些狐疑地问："你知道那个充气娃娃是什么玩意儿？"

她说："女性嘛。"

——咦？遂接着问她："那你知道这是干什么用的？"

她迟疑："不知道。……怎么了？"哗。

然后继续问："那你给这张照片打什么标题？"

她想一想："要做爱，不要作战？"

……真是天衣无缝，我服了她。你看，有些知识或常识的盲点完全不会对业务产生任何不良影响。

对业余生活也不会有什么不良影响。

不过，如果这种玩具在婚姻生活中出现，会造成什么影响就非常难说。成人性玩具有男用的也有女用的，虽然专家们都说，适量的自慰及通过辅助工具自慰是正常健康的，甚至对健康有一定的好处，但通常人们会猜想使用男用玩具的男人性苦闷兼缺乏吸引力，而使用女用玩具的女人欲火焚身兼欲壑难填。

就像专家们也建议说夫妻生活可以考虑借助辅助工具增添情趣和新鲜感，但是很多旨在为读者排解性问题的信箱和热线节目接到最多的困惑和投诉就是——无意中发现伴侣藏有成人性玩具，被隐瞒的一方觉得自己不能满足对方，感觉非常沮丧和挫败，甚至觉得被欺骗、愤怒。

在一个比较出名的健康网站上比较极端的例子，就是一对结婚超过三十年的夫妻，兴致勃勃的丈夫屡遭兴味索然的妻子拒绝之后邮购了一个充气娃娃，事发之后妻子坚决要求离婚。

在说完一堆关于成人性玩具的坏消息之后大致可以总结出一句废话——婚姻生活里想干点坏事并不难，难的是总要俩人一起干。

善其事先利其器

早前的一个冬光明媚的下午——去年的冬天实在是太暖和太晴朗了，另外，不管春夏秋冬，我的一些同事总是要到下午才会神采奕奕容光焕发——我有一个同事，刚省亲回来，穿着一身新衣裳，看上去心情很爽。

这位同事很愉快地坐着，亦师亦友："有一种鲸鱼，世界上最大的那种，它们到了交配季节，也打架，但是别的动物打架是为了争夺交配的优先权，它们打架则是为了争夺最后一个交配的权力——因为它们实在是太大了，以至于射精的时候完全像消防队的高压水龙头，会把先驱们之前射进去的精液全部冲出来，所以，它们争夺的是最后交配的权力。"

有这样的同事真是三生有幸，如果当年念书的时候碰到这样的同学，可以这样探讨问题，恐怕我会饶有兴致毫不犹豫地念到博士。

我搜索枯肠："说到小的，昆虫的性器则进化得完全像一把齐备的多用途工具刀，不以力敌，全凭智取——某种属于蜻蜓目的肉食性昆虫的雄性性器前端像配了把小勺子，能抽能舀，可以把竞争对手的精子从雌性的精子贮藏器官里抽取出来，清干净了再播自己的。"

我同事说的鲸是蓝鲸，平均身长 33 米，体重 136 吨，和二战时期的小型潜水艇有一拼，相当于 4 头恐龙的重量，或者相当于 1600 名成年男子体重的总和。蓝鲸光是一张口就可以是一幢豪宅，能容得下 20 人的聚会。而它们交配时发出的喧闹声，在 180 公里以外的地方都可以听到——实在是很难想象，如果蓝鲸在深圳交配，广州都能听见它们闹腾。

说完了壮观的说些轻盈的——众多蝴蝶的性器装饰华丽，在棘状突起、弧线和装饰性凹槽的排列组合上都各出奇招，以至于在大众心目中形象严谨的科学家都用"洛可可式的华丽"来形容。

有一种雄臭虫的性器可以伸展到身体长度的三分之二,而且配备倒钩。

鸵鸟的天赋异禀一定要提,因为部分人类走路老是挂着人家雄性生殖器的仿生模型——手杖。

研究阳具崇拜的学者们声称,虽然公开炫耀性的阳具崇拜已经式微,但正如拉康及弗洛伊德所说,阳具崇拜仍然是西方文化遗产的一部分,纵使是无意识的,证据是:斯坦福大学里的胡佛塔,经常被用来影射美国总统胡佛的持续勃起;肯尼迪的登月计划,巨大的火箭把人送上太空,其中有阳具和射精意味;大企业和资本家彼此竞相盖出最高的摩天大楼;炸弹火箭和枪炮对男孩和男人的巨大吸引力,并且类推该情形肯定适用于勃起而射精的阴茎。

我的另一个坚决否认自己贪慕虚荣的同事最近正在研读一本介绍奢华文化的书,耸然动容地说,希腊船王,娶杰奎琳的那位,船上的沙发，柔软得坐上去就像坐在要熔化的黄油上——知道那是什么材料做的吗？鲸鱼阴茎的皮！

鲸鱼的阴茎平时都藏在体内，但是伸展时可以有六英尺。这个尺寸属于何种鲸鱼，资料上语焉不详，不过这个尺寸，是可以考虑用来做沙发了。

那些经常在人前明示或暗示自己如何威猛的冒失鬼，或者下次会在一些场合被我的同事们或笑嘻嘻或阴恻恻地问，可以用来做沙发吗？

人工智能之男性

我有一个同事，简直是拜科技教教徒，动辄赞美讴歌科技日新月异，进步神速。我听后常常没好气，恶毒攻击："你个文科生。"接着出难题："那么进步用科技造个蚂蚁来看看。"

《人工智能》上演后，有人爱上那小男孩，我爱上小男孩的智能玩具熊，还有人对片中的那个身份暧昧的男性智能人叹为观止。

我觉得还是爱上智能玩具熊比较有谱些。

如果有人觉得科技的进步已经离造出人工智能男性为时不远，那么在此列出部分数据，拟对某些在看完电影之后产生的、打算在有生之年和男机器人谈恋爱的不切实际的想法予以适当打击：

如果要把男性机器人做得跟真的一样，那么他们阴茎勃起的角度，应该与水平成 20°—40° 角，巧妙地刚好与阴道所呈的角度相同。

　　阴茎需可测量出阴道内的温度、阴道与阴茎的摩擦力、阴道壁对阴茎的压力，以及阴道分泌的滑润液体多寡等，以便阴茎能运输更多的血液到阴茎内，加强阴茎皮内刺激感受神经的程度。

　　当性行为正在进行时，应当设定神经刺激信号，可以在性器官以及中枢神经系统之间来回传导，而且不断加强，所有的性刺激都归纳于此体系之中。此外，对方的反应神态，被爱抚及主动爱抚，都能及时反馈及加大刺激。

　　应当设定多种等级的阈值，视双方受刺激及紧张的程度自动启动进入性高潮阶段。

　　射精时，尿道应当设置为自动封闭，才能不致使尿液流溢出来——如果出于为了和真正的人类更相似的考虑而设有排泄功能的话。

　　此时，还应该有仿人类前列腺、精囊、睾丸等的分泌物出现，还可以考虑储藏真正人类精液的设置，以备需要人工授精之女性的特殊需要。

　　相当于男人的骨盆肌肉的设置此时应当急剧收缩，使男性性
器更加深入阴道里，同时使身体向前移。

　　内在的推力系统应当把约 1/4 盎司的精液射入阴道内，分成
6 次左右完成，整个过程需时可以设定为 10 秒钟或者稍长，也可
以设置为根据需要人工或自动调校……

　　还是直接找个活人简单得太太太多了。

　　我的同事们都应该谢天谢地，别看大活人满街都是，可是说
起来，个个都是活生生的大奇迹兼大制作。

人工智能之女性

相对于要制造一种令女性满意的人工智能男性来说，制造一种乃至数种令男性满意的人工智能女性似乎要容易些。

人工智能女性的外形首选玛丽莲·梦露为蓝本相信没人反对，而其他蓝本可以根据大规模的调查结果选定，不过题外话是未来世界的玩具公司肯定要向既活着又高踞梦中情人调查结果榜首的女明星们送上大把银子。

在一份声称向一百对男女调查所得的资料统计里，女性性感带之中各部位对男人的诱惑力排名是：性器周围、乳房、嘴唇、颈及肚脐，臀部意外地排名第六位。

女性躺卧时，阴道与床的水平面，普遍呈向下的角度，一般为15°左右。但向上翘或是向下垂，因人而异，而且相距甚大。

女性小阴唇的平均长度，一般有五至七公分，经过生育的妇女会略有伸长。由阴道口至子宫的平均长度（深度），为六至十公分、可阔两至三公分。

阴道内的温度，平均约为37.3℃至37.8℃，但在兴奋充血时，可升至38.5℃。

女性在获得高潮时，较男性在射精时所获得的快感，约长一至两秒左右。

当获得性高潮时，女性阴道内、子宫及肛门括约肌，会发生为时0.8秒，约共七至八次的抽搐，重复收缩而产生快感。

乳头的平均直径约为六至七毫米，长约七至八毫米；若被男性吸吮含弄时，由于乳头富柔软弹性，可伸长膨胀三至四倍。

过半数的女性，阴核的大小为六至八毫米，而七毫米为平均尺寸。但当有性的兴奋时，与男性的阴茎一样，亦会勃起。

每一边乳房的平均容积，约为180至320CC，若属豪乳的女性，两个乳房合计，容积可高达700CC。

　　女性在每次交媾时所分泌的爱液，平均量为20CC，而爱液实际上有六种之多，首先是阴道分泌出杀菌作用的液体；接着在兴奋时，又分泌黏滑液，方便阴茎进入交媾；而随之而来是腺液、淋巴液；到达到高潮时，子宫颈管会分泌黏液帮助精子的通过；而尿道口的G点，女性亦有"精液"流出。

　　……实际上列举一堆数字是非常扫兴的事，包括现在的成人玩具制造商恐怕也是这么想的，他们用最简单直接的办法解决数据问题——真人倒模。

　　未来世界里应该会是人工智能女性率先问世，只需解决三个要点：陶醉甜蜜的表情反应、温度和紧握程度。相对人工智能男性的制造来说，智能成分的要求显然没有那么高。

　　这么说并不是出于对男性的歧视，而是男性的生理结构和机制决定了他们比女性更容易达到高潮。至于为什么在漫长的进化过程里进化出这么个结果，科学家们的种种猜想解释也很好玩，下次再说。

姗姗来迟的理由

据说，所有能够流传至今的古老游戏都有一个特点：易学难精。围棋跳棋五子棋，象棋扑克麻将牌，均具以上特点。

与此同理，爱之双人互动游戏也具以上特点。恐怕唯一不同的一点就是——其他游戏结束之后都可以大声讨论，你可以和任何一个略通此道的人大叫："我明明拿着四张尖，谁知道人家就中了同花顺！"或者，"下家清一色五飞叫听，我打一张，他当然不肯和，结果回手我就卡张自摸！"……

可是一般没有人会大鸣大放地说："我们从烛光晚餐开始，吃了三个小时，结果回到房间，连洗澡五分钟结束，你评评这个理。"我可没有这样的同事，你有吗？介绍我认识。

男女游戏有一条不成文的规则——女性可以姗姗来迟。无

穷多的咨询也因此而来，种种解答则非常像现在的电玩游戏破关秘技。

可以修改游戏规则吗？答案是：不可以。但是你可以在游戏过程中运用破关秘技——让她先达到高潮。不过游戏的大前提不能改，女性达到高潮所花时间一定比男性达到高潮所花时间长很多。

生殖繁衍完全可以是很枯燥很程式化的一种行为，比如草履虫，它们生个娃儿的恋爱生产过程可真是乏善可陈，另外，你总不会去疑惑一棵树是否有性高潮。

不过，大自然在进化过程中显然是给人类这种行为赋予了娱乐性和游戏色彩。至于为什么游戏规则是女性有权姗姗来迟，进化学者动物学者心理学者们，专业的业余的，都有一大堆解释。先挑一个比较娱乐的说——"中奖理论"。

心理学家威尔森做过行为心理实验，用吃的或者糖水之类来骗小动物走跷跷板，结果他发现，如果这些吃的只是偶尔给一下，那些动物反而会更愿意爬上跷跷板。然后威尔森就说啦，女性高潮现象就是赌博时的震颤现象，就像玩老虎机，说不定什么时候你就中奖了，老虎机哗哗地往外吐银子，那些银子就是高潮。这就是女性高潮的"中奖"理论。顺便还解释了为什么女性不一定次次高潮但还是愿意和男性一起玩游戏。

"中奖理论"里还有一个意思，就是说，女性虽然不容易得到高潮，但是偶尔也会中到高潮的"大奖"，既是"大奖"当然非同小可非一般高潮，断断续续地得到的官能快感报酬会鼓励她们一次又一次地做爱，一次又一次地回到"生殖的赌桌"上。

"中奖理论"的致命弱点，是说女性要有了像赌徒般追求中奖的动力，才会更成功地留下更多的后代，而实际上，动物即使没有达到高潮，照样可以交配繁殖，产生后代。

当然当然，"中奖理论"没那么简单，要不然你我哗然之余都能搞理论了。

威尔森还推断，女性要是比男性更早达到高潮的话，那她们会在男伴射精之前就兴味索然，而降低受精怀孕的机会。这种女性很快就容易满足，在男伴达到高潮射精之前就厌倦，相对就会留下较少的后代。这种女性的后代到了今天想必是很少的。

而射精快的男人，则在女伴满足自己之前就可以让她们怀孕。这种男性的后代到了今天想必是很多的。

好像还是有些道理。只是不知道我的同事们，以后看到老虎机，感觉会不会有点怪。

大胸脯的性道理

相信我的同事们，都会觉得大胸脯的女郎比较性感。这也没什么好奇怪的，恐怕全人类都这么想。不过也就是人类才有这么古怪的想法。

在猩猩们的世界里，所有男猩猩就对大胸脯的女猩猩嗤之以鼻极不耐烦，因为那说明了该雌性正处于哺乳期，大胸脯对于它们来说就像是酒店房间外面挂着"请勿打扰"的告示牌。对于其他哺乳类动物来说，胸部不是性的标志。

哺乳类动物里只有人类女性的乳房在青春期就发育成圆形，而且不管是否哺乳都保持形状。其他哺乳动物的胸部则只有在充满乳汁的时候才会鼓胀，喂完奶之后就会瘪下来。而且更奇怪的是，其实人类女性乳房的大小与出奶的质量无关。

关于人类女性为什么会进化出长盛不衰的大胸脯，又是个很热闹的论文课题。推论包括：

1. 一直保持大胸脯，可以让男性搞不清楚女性什么时候才是真正的哺乳期，这样有利于筛选更有耐性和爱心的未来孩子他爹；

——啊呸，一直保持胸脯平坦的状态，同样可以达到目的。

2. 大胸脯可以让女性看上去能够给下一代提供良好的营养；

——据调查，男人认为乳房很性感，但是都不怎么想得到它们和优质的奶粉罐有什么联系。

3. 大胸脯是一种把男子的兴趣转向前部的方法，并且鼓励面对面的亲密关系；

4. 大而上翘的乳房很动人，因为它们模仿了性兴奋——乳房变得坚挺浑圆，乳头更加突出。

——按以上两点说法的意思，那么大胸脯完全是为了娱乐用途，有计划有预谋地进化出来的外挂装置。

……

科学家人类学家看来是越来越不好当了，交出这样的功课，连我们这么业余的水准，都想要开始制造嘘声。

最百无聊赖的事情还在后面——比较新的研究结果：人类的性兴奋和高潮强度，都和体内雄性激素水平有关。

好吧，之前人人都想当然的性感尤物——大胸脯女郎们——她们通常不会是高潮迭起需索无度的那一个——因为，大胸脯的发育良好和体内雌激素孕激素水平相关，如果体内雄性激素水平高，她们就不会长成大胸脯女郎。

实情是，体内雄性激素水平比较高的，对高潮有比较深刻认识的女郎，往往都是"太平公主"——她们的胸，都比较"太平"。

6 5

人民智慧的结晶

　　我的一个同事，把一堆偏方贴到了某个BBS上，帖名叫"古代人民智慧的结晶"。另一个同事，连充气娃娃是用来干什么的都搞不大清楚，正为要写一篇讨论快乐的外稿发愁，一看到那堆偏方，兴奋地回帖说，那些偏方的古怪名字真是对她开拓思路大有启迪，例如，有一个偏方，名唤"奇淫合欢散"……

　　我是多么市侩的一个人，一向只喜欢潜水不喜欢灌水，一敲键盘就开始惦记稿费，但这一回实在是觉得搞笑热闹，遂开始跟帖，问她那么《天地阴阳交欢大乐赋》是否更加震撼。我家的电脑大概也很市侩，干脆死机，从客观上坚决捍卫了不见兔子不撒鹰的原则。

　　我的同事里不会有人真的去按方抓药吧？其实全世界的各国

古代人民对男女之事均有智慧结晶的记录，从埠外的牡蛎松露鱼子酱，到本土的虎鞭牛睾淫羊藿，通通在结晶记录中榜上有名。

再把年代上溯得久远些，香蕉桃子西红柿胡萝卜都曾名列于外国古代人民总结出来的催情食品杀手榜。他们中的女巫也长于炮制灵验春药或者药膏，虽然那些药膏通常由乱七八糟的东西配制而成——老鼠的脑子、捣成糊糊的蛤蟆之类，有时候还会有毒芹汁液和罂粟。

相比较而言中国古代人民这方面的智慧比较靠谱，最大众化的食谱可以是多吃韭菜，牛鞭鸡睾丸羊肉枸杞可供平民因地制宜，鹿茸豹胎虎鞭犀牛角则供富人尽情发挥。

发明伟哥的惊喜过程实在不值一哂，不就是为了折腾治疗心血管的药未遂而一不小心发现的吗，想当初，咱们的方士为了折腾长生不老药，从炼丹炉里拿出来的全都是中国版伟哥。

最好我们都还没有被这些让人眼花缭乱的古今中外的智慧搞晕：以现代科学的名义，我们现在算是搞明白了男性达到高潮平均只需要 3—5 分钟，就像"摇晃一罐开了盖子的啤酒那么容易"，女性则需要 15—20 分钟。

其实相比较而言，现代人民的智慧好像有些使错了劲，搞清楚男女需要多少分钟多少秒有个鬼用，搞清楚了为什么男的早退女的迟到有个鬼用，古代人民虽然不知道这事具体需要若干分钟若干秒，但是规律是早就摸清楚了，所以他们的智慧正确地都往一个方向努力——增强男性的持久能力。

如果现代智慧的努力可以修正方向的话，那么下一步的努力，也就是女性伟哥的发明，其效用应该是——缩短女性到达快乐巅峰所需要的时间。

多少次可以重来

　　我的一些同事，偶尔会发一些限制级的资料和消息给我，诸如国际性爱博览会某项锦标赛的最新纪录之类，大概是看见我天天哭丧着脸坐在办公室，像个没头苍蝇似的瞎忙，觉得这人恐怕没什么时间收集相关资料，所以，看见猛料，就日行一善。

　　我的这些同事们看见关于女性性爱的世界纪录是连续646次，为之哗然，叹为观止。电视里的成人科普节目中，形容男性威猛，也就是将其命名为"一夜N次郎"，形容其不妥的，则是"床上桃太（淘汰）郎"。不过，再威猛，一般也都是 N ≤ 10，和六百多次的记录比起来，还是差得太远太离谱了。

　　当时，为了同事们不至于太沮丧，我赶快从生理卫生的角度解释了这则消息的关键问题所在：基于男女不同的生理特点，这种貌似距离很远的纪录实际上被偷换了概念——男性的 N 次以每次到达高潮为计量单位,而女性则没有以此为计量单位,真是差之毫厘,谬之千里。

从理论上说,如果多次性交,而每次性交时,女性都没有性反应或性反应非常微弱(也就是搞笑电影《买凶拍人》里形容的"像死鱼一样"全无反应,或者完全不打算予以配合及反应),即使次数较多,对身体也没有太大的影响,只是经历了器官和器官之间的物理刺激而已。

而女性如果每次都能够达到性高潮,一般在性高潮后 20 至 30 分钟内盆腔充血等身体反应自然会逐步消退,身体恢复到平时的状态。此后若再次发动性高潮,对身体也不会有任何不利影响。

但是,如果每次性交女性性欲都被充分唤起,进入平台期而又不能达到性高潮的话,盆腔充血会长时间存在,大约 4 至 6 小时才能消退,久而久之,就可能造成长期盆腔充血甚至淤血,产生下腹部坠胀感、疼痛或痛经等。

实际上，一直让科学家和医生们耿耿于怀大力纠正的，就是世人老是纠缠沉迷于盲目追求计较数量而不重视质量。如果双方都忽视爱之互动质量问题，而一味只关心"有多少爱可以重来"的数量问题，迟早会出乱子——像条死鱼还算是比较好的结果，长期盆腔充血才是麻烦。而且，以上资料没有提及的还有一点——除生理上的副作用外，长期到达了平台期而又不能达到性高潮的女性，情绪脾气和状态都很坏。

真的所有人都可以不计较次数吗？如果，真的可以本着热爱科学和热爱生活的原则，那么，爱之互动游戏的最正确态度是：最大限度最大耐心地追求质量，互相假设这是第一次，也是最后一次——有多少爱都不可以重来。

性爱分离选拔赛

不止一个女同事问，性和爱到底可不可以分开？——我觉得至少有其中一个是在看了《欲望都市》之后提出这个问题的，因为那部连续剧里有一个女性角色，可以像男性那样把性和爱完全分开，尽情享乐。

踌躇半天之后我说，理论上应该是可以的，但是总要有调查数据支持吧，比如，可以在网上调查有过一夜情经验的女性们，她们达到高潮的比例。如果这个比例的数字和已有调查中女性和熟悉伴侣做爱达到高潮的比例相同，起码可以从一个侧面支持女性在性和爱方面也可以分开的说法。

通常，男同事和女同事问出来的问题很不一样，女同事的问题比较知性，男同事的问题则比较落到实处，诸如女性喜欢看男性身体的哪个部位，成人性爱博览会的世界纪录。

说回女同事的那个问题。性和爱可以分开也有可以分开的麻烦——在英国曼彻斯特的实验室中完成过这样一项测试：实验室人员分别就一男子在信赖或怀疑其女伴的忠贞这两种不同情形下完事后的精液，计算其中的精子数目。

实验的结果是，男人在怀疑配偶对他不忠时，做爱会射出多于平时信任配偶时的精细胞与精液。也就是说，当男人发觉或怀疑伴侣与他人有染时，睾丸往往就会造出更多的精子来。

科学家对这项测试的解释和看法是：之所以如此，原因在于男人在性事上受到自己疑心的刺激，身体也会跟着调整，企图借着霸占女人的阴道及排挤第二个男人的精液，以维持自己在生殖繁衍上的支配性优势。

睾丸在生产精子的功能上，当处于进化的重要时刻，会有一种自动调节配合的机制作用，平时能让身体节约能源，使生产精子的生化物质得到最经济的利用，必要时则能制造出具有丰富活力的精液。当男人对配偶有信心时，他的睾丸就省事了些；当他失去信心时，睾丸就得加班赶工。

因此，嫉妒在这里对男性而言其实是一种春药。这种精子产量的自动调整，明确地证明了人类精子大赛这回事的存在。

不过，男性并不因此就有最后的决定权，因为最近其他的研究也显示：女人的性高潮（女人对此有基本的控制权），也能够产生子宫内的吸力，而"圈定"某个男人的精子，赋予他后来居上的优势。

一份研究日本短尾猿的报告说，有些母猿宁可与同性交往，即使她们不乏异性的追求者，因为多数的雌性动物在养育下一代上扮演较吃重的角色，也因为雄性的精子根本算不得是什么稀有珍贵的东西，所以雌性在进化上的分量，绝不止于盲目接受雄性决斗后的胜利者，显然还有更多。

或者可以这样说，我们进化了若干万年，进化的结果就是女性当选拔赛评委，男性当选拔赛选手，性爱不分是为了更好地当评委，性爱分离是为了更好地当选手。目前还没有任何一项实验报告说，女性一旦妒忌，体内就多排个卵子出来竞争的——大自然的账算了那么久，比我们的门槛精——这可是太不划算了。

年度积分及格线

多少次才算是及格，才算是良好，才算是战绩彪炳，一直是最多人希望知道的问题。

为了避免这种双人游戏蔓延成轰轰烈烈的大规模民间赛事，专家们总是含糊其辞，标准答案总是具体情况具体分析，具体情况因人而异，游戏次数以参与游戏的双方均觉满意兼且不透支体力为原则——具体表现为事后神清气爽神采奕奕容光焕发热爱生活，而不是事后两眼发直两腿发软腰酸背痛萎靡不振走路扶墙。

不过大家还是希望了解别人到底要折腾过多少次之后才会腰酸背痛不热爱生活。

据说，就是因为我们如此的好奇和好胜，我们才从猿到人——你可以用双脚走路？那我可以用双脚跑步；你有大胸脯？我也来一个；你不是发情期也可以折腾？那咱们天天折腾；你可以面对面？那有何难，咱们开创 72 式……有点道理吧，所以人到了今天就变成一种挺奇怪的动物，人人都站着走，雌性非哺乳期还有着大胸脯，雌雄两性都没有明显的发情期但是可以天天折腾，而且兴致勃勃地花样百出。

　　具体的次数问题，专家不说有别人说，都什么年代了，最少有两个同事给我发邮件，发过来的是同一份调查报告。负责为两性娱乐活动提供辅助善后工具的性爱科代表杜蕾斯同学每年都负责调查全球同学完成这门作业的具体情况，并且统计发布。

　　如果把全体同学的成绩都统计出来，那么我们可以把平均成绩看成是及格线。

　　去年全球同学交作业的年度积分及格线如下：10 人中约有 6 人（60%）表示一周至少有交一次功课，4% 表示自己每天都有。

　　如果你比较严格要求自己，希望达到全球化的及格标准，那么你一年最少要做 97 次功课，因为去年全球同学平均一年交作业的次数为 97 次。

男生们做功课要比女生们勤快，一年为 102 次，而女生为 91 次——男生们多交的那 11 次功课也不知道是交到哪里去了。

21—34 岁的同学们最勤奋刻苦：一年交 113 次功课，而 45 岁以上的同学们则只交 70 次。

交作业交得最勤勉的三甲依次是：第一名，美国同学，一年平均每人交 124 次；第二名，希腊同学，一年平均每人交 117 次；南非同学和克罗地亚同学并列第三，人均为 116 次。

新西兰的同学们以人均 115 次列第四名，只要今年分别努力，人人都多做一次爱，完全有机会在今年的统计比赛中坐三望二。

中国的同学们比上不足比下有余，一年平均每人交 72 次作业。而香港特区的同学只需要一年平均每人交 63 次功课也算及格，台湾省的同学则需要比香港同学多交 2 次功课，也就是 65 次才算及格。全地球范围内最容易及格的是日本同学，只需要 36 次。

完全交白卷的不是没有，全球范围内每 10 个同学里就有 1 位同学没有性生活，就是他们拉了我们大伙的后腿。

　　如果在这一门课目里想要做个最勤奋的好学生，同居的同学们是最佳楷模——在科代表杜蕾斯同学的统计里，同居同学一年平均每人交 145 次的功课，次数最最最多，已婚或单身的同学都比较懒，一年平均每人才交 86 次作业。

　　——各位同学，你及格了吗?

张开想象的翅膀

你都喜欢在哪里把爱落到实处？让我们张开想象的翅膀：海滩？浴室？树林？汽车？游泳池？公园草坪？飞机？厨房？办公室？楼梯？

全地球超过六成的人超没有想象力，恶俗地选了海滩、浴室和树林。

男生对厨房比女生更有兴趣，大概是他们不常进去的缘故，7%的男生会有兴趣在厨房把食和色一统江湖，相对这个比例，却只有4%的女生有兴趣这样做。

香港人比其他地区的人更希望在办公室内发生性行为，令人怀着一颗小人之心满腹狐疑地猜想他们办公室的装修是否比他们家都舒服。不过这个逻辑显然有点行不通，相比较而言，台湾人比其他地区的人更希望在汽车里嘿咻，他们的汽车也不见得比他们的家更舒服。

尼日利亚人则偏好游泳池——想来在失重状态下行动会是稍微脱离常规的新鲜经验。

其实全地球人口里有 8% 的人希望在车上，而 7% 的人则偏好游泳池。然后，16—20 岁的小朋友们则比其他年龄层更偏好车上或游泳池——恐怕一是他们还没有自己租房子住，二是他们家老是有人在家吧？

45 岁以上的人比其他年龄层更希望在树林中或郊外。另外，俄罗斯人也比较喜欢在森林。

如果有可能，全地球的男女平均有 5% 的人会希望在飞机上来一趟真正意义上的高水平的爱，6% 的人则没有那么好高骛远，比较脚踏实地——他们觉得公园的草坪也很不错。

噢对了，还有楼梯——看见楼梯就来情绪的人比喜欢飞机的人都少，只有 2%。也是，上了楼梯都到家了，总不能因为对楼梯情有独钟而专门跑到别人家或者公共场所的楼道里去吧？但……还是比较特别——基于全球人口的庞大基数，2%还是很可观的人数，借此我们可以想象有多少楼梯上正在上演这种小型成人动作片。

　　我的同事们还发过一些更稀奇古怪的资料给我，诸如行动地点发生在所有人都在祈祷的大教堂，又或者是正在升空的热气球之类。比较而言，调查报告中的所有地点，都还算正常，如果你的伴侣要求发生状况的地点是海滩、游泳池、公园草坪、飞机、办公室和楼梯，都不算太过匪夷所思，也不算太流氓。不过，和我们国情相关的问题是——你敢吗？

著名职业爱好者

做爱的时候被问过"你到底爱我什么"的请举手。

我好些同事都认识的一位仁兄有以下个案:他一直没有女朋友。终于有一次他说了原因:"我怕她们爱我的钱。"听者均为之瞠目。给出这样的答案不是太谦虚就是太幽默——谦虚的意思是,他除了有点钱其他一无是处;幽默的意思是,他那点钱也怕人惦记,还怕成这样。

……先让我们把灵魂、肉体和物质分分类:个性、幽默感、性格、兴趣、穿着,属于灵魂;外表、体格、声音,属于肉体;金钱,当然属于物质。

为了一个人的灵魂而上床的请举手。

接近四成的人会举手。37%的人承认最初是被对方的性格所吸引，而11%是被对方的幽默感吸引。女性比男性更容易受到个性吸引——42%比31%，而18%的英国人会被对方的幽默感所吸引。45岁以上的人容易受到性格吸引——看，中年男人不一定只看上小女生们的青春美貌，他们也容易爱你的灵魂，如果你有的话。

为了一个人的肉体而上床的请举手。

有不到五分之一的人会举手。男性较注重外表——占23%，女性为15%。而16—20岁者则比其他年龄层更重视外表。有四分之一的西班牙人会受到体格的吸引，15%的印度人会先注意到对方的声音，15%的意大利人会受到性魅力的吸引。

为了一个人的钱而上床的请举手。

这人是你的伴侣吗？噢恭喜你，你中奖了，因为这样的人在地球成人里只有2%。不是你的伴侣吗？也恭喜你，下次伴侣再和你唠叨她如何如何地拒绝金钱的腐蚀冲破万难牺牲了一辈子和你在一起是多么的伟大光荣但不正确时，你可以回答说，这不算什么难能可贵，98%的人都不会因为那个人有钱而被吸引。

为了一个人的职业而上床的请举手。

还是只有 2% 的人会举手。

最著名的"职业爱好者"是玛塔·哈丽，那个举世闻名的女间谍兼肚皮舞娘，最爱的是军官。若是要她的情人们组成名副其实的八国联军一点都不成问题，也就是她的这个嗜好送了她的命，战争期间，她被指控为间谍。

据说，其实一直没有找到她做间谍的确凿证据，但她还是被枪决了。她说过著名的一句话："我更愿意做一文不名的穷军官的快乐情人，远胜过做富有的银行家的情人。我爱军官们。"

谁比谁容易艾滋

你爱看花边新闻吗？前几天，我的同事们讨论艾滋病的频率有点高。我猜他们都是看了花边新闻。

然后，又开始了诸如唾液是否会传染之类的相关知识问答。在电话里八卦的时候，我的一个朋友说，我们俩都认识的另外一个朋友在听了花边新闻之后大叫一声："我跟他吃过饭！不会有事吧？"唉，连现在的中学生都要不如了。

在今年9月北京海淀区部分中学开始试用的《高中性健康导向》教材里说："怎样预防艾滋病：不要乱搞男女关系；性交时最好使用安全套；不要吸毒；尽量避免不必要的输血，如果非输不可，应当了解要输的血是否合格；看病要到正规医院；救护流血的伤员时，注意不要让对方的血液碰到自己的伤口；不要在不干净的地方刮脸、穿耳、修脚、文身，不要和别人使用同一个刮脸刀和牙刷；如果妻子有艾滋病，最好不要怀孕生子。"

知道的，这是高中学生的教材，不知道的，当成我们这些成人的教材也行啊。

如果嫌高中的教材不够高深，那么来看看这个："有三种基因是抗 HIV 的主要遗传因子，其中 CCR5 是最重要的因子，CCR5 突变后能对 HIV 产生抵抗力。欧洲人 CCR5 的突变率是 10%，而中国人的突变率只有 0.16%……"看懂了吗？我看了好一会儿，想了好一会儿，觉得我可以接下去发挥的最多也就是不懂装懂地说些关于 CCR5 的碱基组合之类装神弄鬼的话。

唔，反正就是……咱们更容易得艾滋，被 HIV 感染。

有个"人类基因组中与 HIV-1 感染相关的基因多态性及其意义"课题组，从 1997 年起就开始对咱们国家的 8 个民族 2318 例普通人群做了基因检测和分析，得出的结论就是这个：和西方白

人相比，中国人的艾滋病（HIV）易感性更高，通过性传播的途径，中国人更容易感染艾滋病。

黑人也比白人容易得艾滋，也是基因检测和分析的结果；至于黑人和黄人再比较谁更容易感染，资料上没说，如果我的同事们还要继续讨论，那我就再找找看。

事情一搞到基因上，就事关祖宗十八代，说得斯文些，就是除了社会原因外，遗传因素对艾滋病的易感性有很大影响。

不过，吃亏就是便宜，这个研究成果里让咱们可以略为平衡的是——另外两种基因中国人就明显比外国人占优势，它们的作用是延缓艾滋病的发病——感染是咱们比较容易感染，可要是万一都感染上了，哼哼哼，咱们还是可以比较晚发作的，可以有多一些时间耐心等待科学的进步的，咱们还是可以笑到最后的，笑得最好的，那什么什么的……我在说什么啊？什么毛病都没有，才是最最最好的。

亲爱的我正在数

关于每个人拥有多少性伴侣人数的问题，最旧而又最经典的笑话莫过于——你报上了数字，然后对方沉默良久，你正待纳闷或者试图解释，结果对方说："噢，亲爱的，我正在数。"大热电视剧《欲望都市》中也用了这个段子，性爱女战士萨曼莎去做检查，医生问及其性伴侣人数，她瞪着医生愣了半晌，然后说："Oh, I'm counting."

不过总的来说我们基本上不会在现实生活中碰到如此夸张的黑色幽默。调查结果里中国人的性伴侣数目是全球最少的——只有 2.1 人，并且 70% 的中国人只有一个性伴侣。而全球有性生活的人们则平均有 7.7 位性伴侣，再怎么数，也用不了 20 秒钟。

美国著名女性杂志 *Glamour* 也曾经针对这个问题做过一个问卷调查，获得了超过六百位读者的回信。回信的女性读者们，平均有过 10 个性伴侣。

芝加哥大学的社会学教授爱德华·蓝曼博士表示，10 个性伴侣很显然是超过了全美女性的平均数，不过——"愿意花时间回函给这类性学调查的人，本身对性就抱有强烈的兴趣，"他解释，"这一类的人行为比较主动，而且次数也较频繁。"

但是，在回信的女性中，很多人表示在她们所有的性伴侣当中，只有一半以下给过她们性高潮，而甚至有些人提到她们根本未曾享有过性高潮。

经过一番折算，在这项调查中，有超过七千个美国男人被归类为仍需加油的一群，因为他们没有令其伴侣体验到高潮，而不止一个女人承认，她会嫁给她的性伴侣，原因无它，因为他是第一个让她有性高潮的男人——或者我们可以这么说——大部分的女性不管对性多么感兴趣，性仍然是她们嫁人的理由，仍然是过程而不是目的，和相当数目的男性视性为目的完全不同——所以，至今可以惹恼大部分女性的行为莫过于——云雨之后，男生对女生说："我可没有打算结婚。"

每个人拥有多少性伴侣应该有一个标准的数字吗？对不起，没有标准答案，只有个案：

——"我觉得数字 3 相当完美。一号情人是你的第一次，在你们两个人都仍天真，且仍在学习的时候。二号情人是带给你实验性刺激的人，也是你可以从他身上学到一些新技巧，并尝试一些新体验的人。而三号情人就是你的终身伴侣了。"

——"一个才是对的。对于那些不会对老公是唯一性伴侣这件事兴奋的人，我真的替他们感到遗憾。"

——"这个数字最好在你的手指头和脚指头加起来还可以数的范围内。不要让你的性伴侣人数多到你可以在一个派对中，挑出两个和你有过关系的人。"

我们报社里有不少刚开始谈恋爱的小同事，问过他们："伴侣在和你谈恋爱之前，她们谈过多少次恋爱，你们觉得是还可以接受及容忍的？"稍微思想斗争了一会儿，他们说："……两，两次吧，已经是极限了吧，再多真受不了了。"非常之符合国情。

各位男生请注意

我问了我的一批同事以下两个问题：

——有否想象过自己在足够安全的环境里，发生亲密行为却是穿着衣服的？

——就是说，可以想象做爱但不是一丝不挂吗？

来看看女同事们的答案：

"没有。这是社会调查吗？"

"很难以想象那是什么样的情形。"

"好难想噢，从来没有想过，不要难为我啦……"

最具体的答案还是要当面追问而来："什么样的怪问题，做爱当然是一丝不挂的啦，我一向都觉得连穿着高跟鞋做都是非常造作的行径……穿着小白袜，更加变态白痴。"

为了让这个问题的答案更加清晰不带歧义，我向同事们提出的更进一步确定的问题是："也就是说，一想到做爱，都认为是当然的一丝不挂？"

"嗯……可能是吧。"

"穿着衣服 ML 只在电影中看过,但是不会主动去想象……唉,这种问题，能不能拒绝继续回答？"

"是吧。""当然。"

再来看看男同事的答案：

"应该可以吧，比如说在自己家里，所有窗帘都拉上。"

"Right！"

"……对于看了很多 A 片的人来说，不是这样的，一想到做爱,可能会想到穿着衣服，有时是那种有点透明的衣服，有时会有着很好的光，照在做爱的人身上的逆光。这些想法都是高超的 A 片摄影给引导出来的。"

"不一定，很多电影里就不是这样的，穿着点什么的情形很多的啊。"

拍这些电影都是男导演的主意吧？真是误人子弟。

其实问出这种连我自己都觉得匪夷所思的怪问题，全是因为看了一个调查资料（又是调查）："性生活时是否全裸体对性生活满意度有一定影响。性生活时经常全裸，其性生活满意度都无例外地要比从不全裸和有时全裸高得多，这当然是由于全裸体增加了性刺激，更大地激发了性兴奋的缘故。"……

"同时，无论是城市还是农村，妻子的相关系数都高于丈夫，这说明过夫妻性生活全裸体与妻子的性生活满意度的关系更密切。"

——各位男生请注意，绝大部分女生想象中的亲密行动之状况均是理所当然地一丝不挂。穿点什么？那真是很怪的念头。

好吧好吧，举个极端的例子，某人的朋友的朋友的朋友总是为挑什么衣服穿出去约会而大伤脑筋。终于大家都不耐烦了,问她：

"你到底想挑什么样的衣服啊？！"

　　人家笑嘻嘻地说："唔，我想……挑一件男人一看见就想把它脱下来的衣服。"

做一次绿色的爱

在我们大步流星跨进来的这个新世纪里，除了帽子不要是绿色的以外，最好什么都和绿色沾点边才比较好。

上个礼拜的消息——绿色和平组织近来推出一套"绿色性爱指南"，教导男女们如何在做爱的同时为地球节约资源。负责撰写这一"指南"的弗罗齐尔解释说："保护环境的议题渐已变得说教和沉闷，我们应以轻松态度面对之，不妨也对自己开怀一笑。而此举的目的正是唤起世人在日常生活里也关心到世界。"我的同事一看，就转发了这个消息给我，邮件主题叫"来自你同事的材料"。

据说这份题为《为了地球着想》的"做爱环保指南"可谓无微不至，其中的细节指导包括：男女欢愉时应关灯以省电；沐浴时应同浴以节水；喜爱在木板地上翻云覆雨的人士，应确保地板所用的是环保木材……

　　幸好还没有提倡大家去谈一次环保的恋爱,否则理论上最环保的恋爱恐怕就是直奔主题,真是后果堪虞。

　　在大家时常探讨双人互动如何增加新鲜感的今天,做一次绿色的爱显然还是个不错的主意,兹向我的同事们建议:

　　——可以选择在白天开始互动,根本不用考虑关灯问题就可以更加节能;

　　——不开空调也可以省电,连电扇都不开就更加省电;

　　——洗个鸳鸯浴也有了环保的理由;

　　——不要折腾一次就清洗全套寝具,减少清洗寝具次数也可以节省大量的水,使用的洗衣粉含磷量要达国际标准,有洁癖的人士敬请通过心理医生的帮助来解决问题,而不要通过自己浪费水来解决问题;

　　——喜爱在沙发上翻云覆雨的同事,应该确保沙发所用的不是真皮;

——可以用毛巾的时候决不使用纸巾；

——不使用含橡胶成分的安全套——据说，英国发现的最早的安全套完全以动物肠衣做成，使用前一晚须用牛奶浸泡——听上去就很天然很绿色很环保；

——根本不考虑使用任何安全套，生个娃儿就生个娃儿。

想了半天，比较困惑的问题是，究竟是最符合动物繁衍准则的、每做一次爱就生个娃儿最为环保，还是最符合完全脱离了动物本能、以人的主观意志为准则的、只做爱不生娃儿最为绿色？又或者，最为消极的从来不做最为节省？

谁让我们只有一个地球，大家只好连做爱都要考虑此举是否绿色的问题。

安全套的记事本

有时候，我的记性会忽然好起来，比如说，很清楚地记得，曾经用同样的回答"放倒"同一个女友：一次是某个画报送安全套，另一次，是这位女友在超市买东西，看见加一两块钱就可以买一包花花绿绿的小东西，就买了，然后回到家，看仔细了才知道是安全套。

两次她都说，哪里用得了这么多，不如送给你。

两次我都大笑，说，这东西你送给我总是不太对劲吧，你留着用你留着用，我不用。

两次她都疑惑地反问："你不用？"

两次我都是在对话进行到这个时候决定开她一个玩笑："……是啊。我有更安全的法子。"

　　两次她都是无限好奇的表情："真的？！告诉我那是什么法子！！"

　　两次我都告诉她同一个答案："更安全的法子嘛，就是不做。百分之一百安全。"

　　我的某个同事很不屑我说要在稿子里讨论安全套的问题，觉得很小儿科，直到我问他："那么问一个最常识性的测验问题——在使用安全套时，凡士林、婴儿油或其他油性乳霜乳液及胶冻是否是合适的润滑剂？""……"哼哼哼。

　　别以为去一趟便利店或者药店，然后就可以靠自己的智慧和力量解决问题，基本上讨论安全套的稿件里都提及了在互动过程中安全套脱落的情形及事后补救的紧急措施。而脱落的原因，主要归结于对尺寸的过高估计。

　　购买安全套过程中对尺寸的估计一直是笑话的发源地之一，男生去买，有种族歧视的笑话在等着，女生去买，搞笑程度更高。自助购物的优越性和必要性在这里得到了充分的体现。

　　理论上，只要正确地使用安全套，其避孕效果可达到 97%，可事实上，戴上安全套的避孕效果只能达到 80%—90%，有人总结出一大堆前车之鉴，包括：1. 意外破裂：比如性交幅度过大，指甲或戒指无意中乱划——喜欢用超薄型的更容易成为这七辆前车中的一辆；2. 射精后，褪去保险套的过程中，精子溢出；3. 身体接触时间过长，没有及时戴套，已有少量精子射出；4. 产品质量不过关（很少）；5. 在性交过程中，没有正确使用安全套；6. 使用不当的润滑剂；7. 贮藏不当：将安全套暴露于强光、高热、潮湿和臭氧环境会使其丧失强度……

　　说回我问同事的那个问题。该问题出自金赛研究所／盖洛普机构全国性知识测验，金赛研究所在 1989 年秋天，以统计方法选出 1974 位美国人并测试其基本的性知识。调查由盖洛普机构以面对面的访谈方式进行。

　　对于这一问题的调查结果，是事实上有半数的受访者认为保险套或子宫膜可以和油性润滑剂一起使用，这代表有许多人将会严重地失去使用这些乳胶制品的效果。

正确的答案，是安全套不能和任何油质的润滑剂，像凡士林、婴儿油或护手膏一起使用，理由则是凡士林、婴儿油、妮维雅或其他油性乳霜乳液及胶冻，都会腐蚀保险套或子宫膜，不应该被当做润滑剂。这类产品在 60 秒内就可以在保险套或子宫膜上侵蚀出极小的洞，足以让艾滋病和其他性病的病毒穿透。很快地，这些洞会扩大到连精子都可以渗透过去。

调查里有一半的美国成人并不知道这条重要资讯，知道的人多半是：女性、年轻人、单身、分居或离婚者。还有，住在都市或市郊的人比偏远地区的人回答得好。

至于我那个同事嘛，男性，已婚……没有答对问题。

事后你会说点啥

我有一个同事，在 BBS 上喜欢用的签名里有这么一句："抽着事后烟，聊着事后天"。当然啦，按照他只言片语的解释以及我的理解，他说的"事后"系指写完稿子以后，或者是发完帖子以后。

做完稿子出完报纸之后，同事们有时还会说："精尽人亡精尽人亡。"我都会说，吓他们一跳。

狭义地理解，聊着事后天仅指双人互动游戏之后的闲暇状态，广义地理解，则所有的成人笑话都可以纳入这个范围。

事后你会说点啥？

最行货的传经送宝，是教育广大女生在事后要说，你真是棒。结果广为流传的笑话就是 007 詹姆士·邦德的版本——话说 007本来没有名字，然后来到中国执行任务，和咱们的优秀女特工结下战斗的友谊。亡命生涯中的双人互动游戏之后，女孩总是夸他："棒！真是棒！！"007听多了，以为这就是他的中文昵称，至此之后，每当执行任务，碰到要向对方报上来姓名之时，他就很酷地说："My name is'棒！真是棒！！'（Bond, James Bond.）"

千万不要觉得我是在拿一些你们听过的段子来蒙事儿，段子基本上都是杜撰的，但是杜撰好了完全可以名留青史乃至科学史。

最成功的榜样是 G. 帕蒙特，他在《心理研究：内参》选集1976 年发表的一篇文章里拿美国总统柯立芝开涮兼举例子——柯立芝总统夫妇受邀去参观一座政府农场，到后不久，被向导领着分别参观。

柯立芝夫人走到鸡栏前停下来问向导，是否公鸡每天只交配一次。"它要交配好多次。"向导说。"请把此事告诉总统。"柯立芝夫人听了之后这样要求向导。

然后，总统走过鸡栏时，向导就依照夫人的要求把公鸡的事情告诉了总统。柯立芝听了之后问："是否每天只和同一只母鸡这样？""噢，不！总统先生，每次都是和不同的母鸡！"总统慢慢地点着头，接着说："请把此事告诉总统夫人。"

……段子是老掉牙的段子，但是这个段子现在是性学术界性学家们的专业术语，叫"柯立芝效应"，精确含义是——"动物之间的雄性被新的雌性再唤醒的现象"。一举成名，距今已经数十载。

事后你会说点啥？

如果足够幽默，不载入科学史也可以是举世闻名的名句。

生于1853年的莉莉·兰特里小姐是维多利亚时代伦敦最著名的"职业美女"，美貌智慧得到过奥斯卡·王尔德、马克·吐温和乔治·萧伯纳的赞美，当时的威尔士王子阿尔伯特·爱德华（也就是后来的国王爱德华七世）是莉莉众多情人中的一位。

而对于我们来说，他们俩最富娱乐性的事后名句莫过于阿尔伯特对莉莉的抱怨："我在你身上花的钱足可以买一艘战舰。"然后莉莉反应敏捷："你在我身上洒的精液足可以浮起一艘战舰！"……已经娱乐了全世界的大伙儿一百多年。

给我一个大活人

"给我一个支点，我可以撬起整个地球。"科学史上的名句，语出阿基米得，杠杆原理。几乎全地球人都知道这句话，不过，在建议家长们搞好幼儿教育的网页上，有人把这句话算在牛顿头上，更离谱的是还有算在伽利略头上的，非常之误人子弟。

没有这句话出名，但一经套用意义同样重要的是细胞生物学先驱 M. 拉斯帕 20 世纪 30 年代说的话："给我一个活的细胞，我就能给你造出一个生物世界。"

我们正耐心地等着某个要替全人类谋幸福的科学家在 21 世纪的某年某月某天站出来说，给我一节干电池／神经元……我就能让全体地球人达到高潮。

这事一点都不荒谬，实情是，英国的《新科学家》周刊已经

报道过，一是美国人无意间发明了一种可以治疗女性性冷淡的电子植入装置；二是澳大利亚人声明他们已发明了网络性爱装置。

美国那边的事情，听起来很像天上掉苹果，正好砸在牛顿脑袋上的那个传说——北卡罗来纳州麻醉镇痛医生梅洛伊，在替一名骨痛症的女病人做例行手术时，为了通过电流震荡来缓解神经痛楚而把电极器植入病人脊椎，但他偶然放错了位置，结果在整个手术过程中均保持清醒以协助他确定电极器正确位置的女病人被强烈的快感弄得大声叫了起来。梅洛伊连忙询问有何不妥，女病人连连说"好"，"告诉我丈夫也这么干"。

这次意外使梅洛伊开始研究用电流来引发女性的性高潮，发明了个火柴盒大小的装置，这种装置必须植入病人的臀部皮下组织，再利用一个手提装置来控制。新发明虽然可让有性高潮障碍的患者享受性高潮，但梅洛伊说，这种与起搏器威力相当的工具，只适合小部分严重患者使用，因为它必须动手术植入体内。尽管这一装置尚未在男性身上实验，但梅洛伊估计这仪器在治疗男性性高潮障碍的应用上将同样有效，美国一家公司已计划在今年开始这种装置的临床实验。

澳大利亚那边的事情，是他们的发明家罗伊则声称，他已经为他发明的网络性爱机器人申请了专利。这种网络性爱能使在地球两端戴有虚拟眼镜的人通过相配对的机器人来看见和听见对方，在线爱人还可以对这一系统进行编程，使一个伙伴能够成为另一个伙伴最喜欢的偶像。原理是伺服电机通过互联网信号和机器人身上的接触及声响感应器来移动身体的各个部位……好了，性快感可以通过虚拟装置进行，传感器也可以达成大家对高潮的期待。剩下的问题只是感应器的数目是否足够多，好传达足够细致的感受，以及感应器的价格是否过于昂贵。

已经有人开始质疑，在未来世界里，如果通过手提装置引发高潮，通过网络感应器虚拟快感，那那那，我们算是和自己做爱还是和别人做爱？恐怕到了那时候，最动听的话就是："给我一个大活人，我就可以给你生出一大堆小活人。"

给弗洛伊德一拳

　　相信我的男同事大多数都读过弗洛伊德，不过，是否和他们的伴侣讨论过弗氏著名的女性性欲学说，也就是他的高潮论？

　　这段著名伟论的大概意思是说，阴蒂高潮是幼童时期的高潮，而等到女性进入思春期与男性交往之后，就会把阴蒂高潮转换为阴道高潮。一旦女人将内在的心理冲突通过心理分析加以处理，达到所谓"整合圆满的"女性化认同，就能获得成熟期的阴道高潮。因此，只能从阴蒂刺激得到高潮的女人，在弗氏眼中便是不成熟的女人。

　　本来，我满可以借此测试一下同事们在这方面的知识更新上是否一如他们做新闻那么上进，后来想想，做人还是厚道些比较好。

　　先声明啊，在我的心目中弗氏还是很伟大的，弗氏对科学史

观察之后得出的尖锐伤感的结论——科学史上的重大革命，虽然性质万殊，却有共同之点，就是把支撑人类自大的巨柱，一根又一根地逐一推翻，而且提到了三个"弗式革命"：人类本来自以为住在宇宙的中心，但是第一个革命——哥白尼、伽利略和牛顿确定了地球只是宇宙里的偏远地区，然后人类只好安慰自己说咱们的出现就是上帝扶贫的结果；然后，第二个革命——达尔文出现，又把人类确定成是"动物世界出身"，人类就只好以拥有理智而自豪了；最后，第三个革命——就是弗氏自己研究人类智慧之后提出的报告，说是心理学的研究发现了人类的"无意识"。

不过，伟大归伟大，大师归大师，阴沟里翻船的事情还是有。这次的阴沟，问题恐怕就是出在大师是男性而不是女性，并且，太武断地就下了结论——那个著名的高潮论——而且广被接受和传播。

而实情是，在几十年后不断的大大小小规模的调查报告里，大部分女性都回答说，她们不能直接从阴道性交获得高潮，只有少部分（大约 30%）的女性可以。但是，这其实并不等于大部分女性都是性冷淡，因为她们大部分可以从阴蒂刺激获得高潮，或者经由阴蒂刺激的同时／之后再获得阴道高潮。心理咨询师们也很困惑："这些发生在女人身上的性欲问题，严重到仿佛是当今妇女的流行病，究其病因，难道可能是源于想要治疗她们的医生？"

在一位杰出女性主持的大规模性调查报告——著名的《海蒂性学报告：女性篇》里，有这么一段："女人在自慰时，是针对她们的阴蒂做刺激，这项事实并非新闻。不过，为何女人自己却从来不公开阴蒂刺激方能让女人达到高潮的这项事实，以至沦为沉默无声的证言？是否是因为这项事实不受重视……"

在这份长达数百万字的报告里，还有一句让女性莞尔的话："也许有上百万妇女会同意一位女士提出的想法：'如果我可以给弗洛伊德一拳的话，那真会给我带来莫大的快乐。'"

更快更强更持久

目前为止最著名的壮阳药：伟哥，又名威尔钢，万艾可，原名 Viagra，学名枸橼酸西地那非（Sildenafil Citratc）。

即将同样著名的壮阳药：西力士，原名 Cialis，学名中文直译为他达那非（Tadalafil），分子式为 $C_{22}H_{19}N_3O_4$，用途为第二代磷酸二酯酶 5 抑制剂，用于治疗男性勃起功能障碍，与"伟哥"相比，效果长久，可达 3—5 天，所以，又号"超级伟哥"。

已经有商家声称这位壮阳新秀比起伟哥来"起效非常迅速，约 15—20 分钟起效"，再加上药效持久这个不争的优点，号召力在于"更快更强更持久"，乍眼看去很像是在推出新型号的电脑或者科幻片里新一代的机器人。

其实说起来"起效"是否迅速好像不太重要，强调起效迅速而引致的后果可能非常狼狈，如果不是老夫老妻而是一场邂逅，用药之后"说时迟那时快"不但容易让对方大吃一惊而且容易让对方看出"其中有诈"。

但是不屈不挠使错劲儿的研究还是有，强调"起速"的计有：①美国佐纳根公司不久前完成了"瓦苏马斯（Vasomax）"的临床试验，此药在胃里溶解的速度比"伟哥"更迅速；②首先推出"伟哥"

的美国辉瑞公司又研制出能在几秒钟内在口腔中溶化的"伟哥饼"（Viagra wafer）；③一种语焉不详的处方药，老药新用，前身是作用在大脑中枢神经的催吐剂，药物设计成舌下含片，作用速度快，用药后 15—20 分钟后生效，主要是刺激大脑下视丘后再刺激阴茎勃起，作用路径比较长，适合轻度 ED（勃起功能障碍）的男性。而原先催吐的作用仍在，因此用药后会有恶心的副作用……

　　最快也要明年才闪亮登场的新秀西力士，药理倒是和伟哥一样，使用禁忌和副作用当然也差不多，例如心血管病人不宜，不能和硝酸盐同用之类，但是，"研究结果显示，'西力士'的半衰期平均为 17.5 小时，因此在 36 小时内都能发挥效用……由于在使用后两三天内，体内都还有西力士的成分，因此轻度性功能障碍的患者，只要体能好、有适当足够的刺激及意愿，甚至两三天内仍可'启动'。"如此看来，其实新药的真正卖点倒是应该强调其"不虞有诈"的优越性。

　　数字一经积累和记录会变成挺壮观或者可怕的事情——在过

去 4 年里，全球已有 2000 万男士服食了"伟哥"，全球平均每秒消耗 9 颗"伟哥"，所以，有理由推论新型的"更快更强更持久"的"西力士"在明年即将成为同样著名的壮阳新秀。

关于壮阳药，我的同事之间流传的真人版笑话是：A 同事参加新闻发布会，拿回的产品样板是一盒 10 包装的壮阳药，B 同事一看，就硬是分走了两包。孰料小包装上也印刷得清清楚楚，"一盒 10 包"，结果 A 同事回家被夫人审问得汗流浃背："另外的 2 包哪里去了？"好容易解释清楚，就接到了 B 同事打来电话："你帮我说清楚吧，她一直在问，另外的 8 包哪里去了。"

飞越所有的巅峰

本来，从用词严密准确的角度出发，标题里所指的那些巅峰，应该搭配"攀上"，可是，想起某一个同事的逻辑（他当时说的是韩国电影里穿越时空的事情），而在这里，我比较喜欢用飞越——飞越了就飞越了，你能把我怎么样。

说起女性的高潮，那是连她们自己都困惑的事情，看着众多的调查报告，发现最荒谬的情形，莫过于——很多时候，她们以为自己没高潮，其实她们有；有时候，她们以为自己有，但其实没有。她们很想有高潮的时候，不一定有；不想有的时候，不小心就会有……真是稀奇古怪莫名其妙。

为了不把大家搞晕，更加为了不把自己搞晕，只好参照男性的标准，拿生理反应把这件复杂的事情简单化。如果把高潮比喻成一座山的巅峰，那么女性高潮不像男性高潮那样只有华山一条路，她们要攀三座山的巅峰，或者，你可以想象她们要面对的是像五指山之类的那种山，挑其中的一座山峰，攀上去就算登顶。

在刻苦学习了几百万字的女性调查报告之后，报告一下学习心得：大致上女性的高潮可以分情感式高潮、阴蒂高潮和阴道高潮三种。这些高潮可以是单独发生也可以组合发生，所以，不但男性摸不着头脑，连她们自己都不太有把握确定——她满以为高潮就是阴道高潮的时候，却来了个情感式高潮，你让她觉得是有还是没有？

阴蒂和阴道高潮，大致上大家都知道是怎么回事，对于三分之二的女性来说，最容易达到和确认的是阴蒂高潮，只要适当足够的刺激，基本可以达到，而达到了阴蒂高潮，继而再追求达到阴道高潮就变得不是那么高不可攀了。

相对比较新鲜的是情感式高潮，麻省理工学院的辛吉博士夫妇曾经说，情感式高潮所带来的情绪化的生理反应，主要会作用在喉咙上。他俩还引用多丽丝·莱辛在《金色笔记》一书里的描述："……那种反应主要是在喉头处的痉挛，伴随着横膈膜的紧绷感而出现……"

算了算了这么说吧，如果女性很爱很爱一个人，她在和他亲密接触的时候还会越来越快地喘息，类似情形相当于一个人哭得透不过气来的那种状况。那样，就算她没有阴蒂和阴道高潮中的任何一种，她一样有"在极乐中徜徉"的体验，也攀上了高潮的巅峰。

说了那么多，你当然知道我打算说，最理想的极乐状况或者状态，当然是——飞越所有的巅峰。

各位女生请注意

同事里有很多刚毕业没多久的小朋友，坐在一起喝酒什么的就喜欢玩"真心话或大冒险"的游戏，具体玩法源自以前的"拍七"，不过输了的人除了喝酒还要选择说真话或者去冒冒险。冒险精神似乎欠缺，输了的人通常选择说真话。

大部分人对其他同事最好奇的问题包括：初吻、谈过几次恋爱、有否性经验、是否有高潮经验，等等等等。在我听到的实况转播里，通常，这些问题都不经任何铺垫就直奔下三路而去，而得到的答案，则由于是相熟同事的真心话而变得很刺激或很娱乐。

印象中他们的问题包括"某时某地你去探望女友的时候做了几次"，"你是否是处女"之类，其中后一个问题被公认为坏问题，而且时隔一个多月后又被问了一次，问的是同一个人，得到的是同一个肯定的答案，问的人和被问的人都似乎有些沮丧和失望。

比较离谱的问题是他们问某个女同事是否有高潮体验，一经问出，居然人家都没有翻脸，还回答了。想来我的同事里还是老实人居多，这样的记者和编辑做出来的报纸，在真实性方面有最好的保证。

当然啦，除了真实还要客观，真是学无止境，永攀高峰。放在这个专栏里，我的理解就是，除了自己说话，还要让别人说话。弗洛伊德那样的大师，也因为没有好好聆听女性的声音而在断然定论女性高潮的问题上阴沟里翻船，何况我们这些不是大师的人。

在大规模的性问题调查报告里，除了众多的女生痛贬投诉男生不解人意（这个词用在这里真是再恰当不过）令她们无法达到高潮之外，其实也还有众多的男生的投诉。

除去极少一些非常自以为是非常大男人主义又非常白痴的话——那些傻话不论男生女生听了都会匪夷所思地失笑或者觉得这人应当从 18 楼被扔下去，因为，那些话包括"不可能，所有女人和我上床都绝对会有高潮，要不然她就肯定有问题"之类。

而综合那些比较合理的投诉，主要阐述说明的是身为男性在男女互动游戏中所感觉到的压力：

"女性好像好得多，她们一躺到床上，好像就全是我的事情，她们只需要等待好戏开始。"

"男性在整个过程中得不到任何指引和提示。"

"我觉得如果她没有高潮好像主要是我的责任，我会很自责和内疚，虽然所有资讯都说生殖器大小完全不是原因，但是每到这时候我就忍不住会往这方面想，如果这能让她更快乐。"

"我一直很怕是因为我的缘故而把事情搞砸了，所以在她开始僵硬或者痉挛的时候我会改变刺激的方法，到现在（阅读了性调查报告有关女性高潮反应部分之后）才发现我可能真的把事情搞砸了。"

"我太太完全拒绝我为她口交。"

……哗，说起来也是一部血泪史。

　　当然了，以上是美国男生对美国女生大规模投诉的集锦片段。不过，他山之石可以攻玉，借鉴和教训是：身为女生，既然选择参与互动游戏，至少也要拿出讨论美食或者时装的专业态度来，互相切磋，至少，给他提示。

　　反正你无论如何不能光是躺在那儿看着男生瞎忙乎，或者是闭着眼睛由着他瞎忙乎——其实那说起来也真够气人的，是吧？

一直都在瞎忙乎

关于性，总是会有很多似是而非的经验之谈。有些对，有些不对，有些可以自圆其说，有些则纯属主观臆测胡乱发挥。

比方有医生说，太害羞的女生不容易有高潮之类，理由是她们可能同时也时刻太在意自己的仪态，担心在高潮的时候让伴侣看到自己失控的样子。而反对的说法则可以是，害羞的女生往往内向敏感，如果深爱一个人，更有可能首先达到情感式高潮。如果想抬杠，类似的说法是最可能抬得没完没了的，人家卧室里的事情，大规模地拉出来绑上电线接上电极做实验，不太可能。

在我的同事里，男生们比较成熟老练些，女生们比较容易脸红，当然，他们目前好像全都很纯情，各自一本正经地谈着恋爱，或者希望开始恋爱。

　　还有系列报的同事和我讨论过，她很好奇我写这个专栏，是否会影响心目中对同事的观感。

　　我明白她的意思，她其实问的是，我整天提出一些或者考虑一些不怀好意的窥私问题，还每每拿同事来说事，在我的心目中同事们之美好形象岂不是不成体统？哎！

　　我赶紧纠正声明："你总不会因为同事们要天天上厕所而影响你对他们的尊重程度吧，你也总不会因为清楚人体的构造而见了同事就想着他们肚子里正在消化着午餐。讨论美食涉及进食和味蕾，但是你肯定不会在讨论过程中满脑子充满陌生人或者熟人的口腔、牙齿和舌头。"

　　……这起码说明一个问题——别人总是不能完全搞明白你是怎么回事，自己的事，还是你自己最清楚。所以，特别开放的美国男女都报告说，说起最刺激强烈的高潮，通常都由自慰得来，因为自己最清楚需要什么。而大家都更爱互动游戏，则是因为互动的感觉温情、依靠、深入，等等等等，让人宁愿在强烈刺激方面牺牲一点，甚至牺牲很多。

也就是说，基本上在男女互动方面，由于双方都不是对方肚子里的蛔虫，所以，相互提供的各种爱抚前戏的努力，基本上是一直都在瞎忙乎，而男生瞎忙乎的时候显然更多——在他们乱摸一气之后女生投诉说："别以为那是三个按钮，还自动搜台，然后就指望听到高潮的呻吟声。"还有，他们真正交合之时的勇猛卖力也会被称之为瞎起劲，因为不少女性说她们其实更喜欢略为缓慢悠长深入的"活塞运动"。

也有气坏了的男生说："如果我摸她她就呻吟，我高潮她也假装高潮，你能指望我觉得这里面有什么问题？！"还有："我也需要爱抚，可是她们不是太使劲弄痛我，就是敷衍了事随便摸两下。我觉我在她们身上工作的时间占了大部分，真是累死人！"

互动游戏之后，相信最气人最无聊的事情，莫过于沾沾自喜之后才发现自己其实是瞎忙一气，这是很多女生假装高潮之后不得不继续假装下去的原因，也是很多男生到后来干脆不要女生"在他们身上工作"的原因。

　　如果不打算继续瞎忙下去，重新开始沟通的开场白之一，也许是："说句老实话，其实，在这件事情上，我是否一直都在瞎忙乎？"

闭上眼睛玩游戏

　　报社开迎新晚会，全体同事一起欢庆新年到来，未来时变成进行时。

　　行政的同事在此之前群策群力了好一阵子，希望所有同事给建议，玩点什么游戏会更热闹。BBS上大家有一搭没一搭地，也没什么建议，一个同事跟帖说，总要和性有关吧？

　　就像男女搭配，干活不累那样，游戏和性或者性暗示有点关系，参加游戏的人当然很无辜，看游戏的人兴奋莫名，兴高采烈。当晚只有一个游戏是硬性规定各报必须派出男女搭配参加比赛，用嘴搬运 A4 纸，男生搬给女生，女生再搬给裁判，看哪一对搬得多。谁都没觉得这有啥，但是我们报的同事终于出了乱子，纸从嘴上掉下来了，男生慌忙之中全不觉察，一嘴就啃到女生脸上。全场哗然，设计游戏者的居心要到这时才昭然若揭。

那个男同事从台上下来之后的表情我可是看得一清二楚，他就坐在我旁边，忙了半天输了游戏还把事情搞砸了的沮丧、尴尬、内疚、窝囊……全写在脸上，十分古怪精彩。不过，游戏就是游戏，晚会终于结束，一切恢复正常。

但是我们忘了图片部门的同事，两天之后看见他们拍的那天实况之精彩照片，再次哗然——光看图片，那就是我们的同事在接吻，且因为当时正在用嘴搬运纸张，嘴都很夸张地撅着。

最悲惨的事情莫过于，图片中的主角尚未回来上班，而一大堆照片已在我们的硬盘里存着，我们都打算再一次参观他们回来时看到这些照片的表情。

另外一个同事看了照片一阵，终于问："你说为什么人一接吻眼睛就闭上？"

天哪，他们没接吻。

不过，这是个好问题。哺乳类动物里好像只有人接吻做爱喜欢闭上眼睛，而且很多人非闭不可。专家们说闭上眼睛可以让其他的感觉器官更加发挥作用，然后针对某些喜欢瞪着眼接吻做爱的男性也发展了一套说法，大意是男性更需要视觉刺激，女性更接受感觉刺激，一个具象一个抽象，所以男性不闭眼女性闭眼。

我们的近亲猴子做爱就不闭眼睛，具体实例是，一个动物行为学家写观察报告时因描述母猴在交配过程中会"用鼓励的眼神"注视正在忙乎的雄猴而备受批评，理由是相当一部分科学家不主张在观察动物行为的过程中采用"拟人"的立场和角度。

其实，是否闭上眼睛接吻和做爱，除了文化习惯是很大的一个原因之外，闭上眼睛时可以让其他感官更充分发挥和体会的说法也有道理，同样性感的景色完全可以在人们吃到美味乃至享受热水浴时看到。

说到文化习惯，基本上极少有女性投诉男性在互动过程中注视全过程，也许是当时她们基本上都闭着眼睛。但是情形一旦颠倒，事情就滑稽得多——也有实例，娱乐圈中以才子形象出位成名的谁谁谁若干年前山呼海啸地神侃起尴尬风月事，说最古怪的莫过于他和一位学医的妹妹双人互动，这位妹妹一直杏眼圆睁从接吻到看他瞎起劲，直观察得他落荒而逃……估计那位妹妹好奇的小眼神儿从此永留在他心间。

　　闭着眼睛接吻的除了人类简直是绝无仅有，但要在睁着眼睛接吻的众多动物族群中闯出名头显然更加不易，目前为止最成功的是……接吻鱼，成功地以圆睁双眼不断接吻而享誉全球。

所有的灯都打开

这一阵子，很冷吧？

我的女同事们各出奇谋，有带着小电热毯上班的，有预谋着要去买小暖风机的。我从家里抱了件大衣放在办公室，上班就盖在腿上，一站起来就拎着，拖过来拎过去的，有点没仪态，不过我觉得比拎着拉舍尔毛毯来上班要强。男同事们好像抗寒能力比较强，我听过人家工余玩扑克的时候，形容某些人打起牌来勇猛有余机智不足时嘀咕的一句话："傻小子，睡凉炕，全凭火力壮。"

所以目前为止被冻得奄奄一息的好像都是女同事。不不不，我们一点都不臭美，我们的办公室没有暖气，所以我们都没有做白领丽人的打扮，诸如再冷都是一件低领羊毛衫再加围巾大衣什么的，我们都穿得好像要去南极。

……所以，看见资料上说被冻得了无生趣的以女性居多我一点都不觉得奇怪。我们中午凑份子吃饭的时候，吃饱了就探讨怎么着把自己弄死最好。一天半天这样还没啥，天天这样我都觉得不太对劲……

资料上就说得学术多了也好听多了，这叫"季节性情绪失调症"（SAD），指因天气的变化而产生的一种忧郁症。患上这种忧郁症的人除会出现情绪低落、极度疲倦、嗜睡和贪吃外，还会对所有事情都失去兴趣。因多发于冬季，又称为"冬季忧郁症"，它主要会引起嗜睡和机体正常功能衰退。在北半球纬度越高的地区，冬季黑夜的时间越长，季节性情绪失调的现象越常见——在芬兰，75%的女性皆患有程度不一的冬季忧郁症，年龄集中在20岁至45岁，其中5%—10%的患者症状极为严重。

科学些的解释？有有有："由于冬季的光照时间明显缩短，松果体内的褪黑激素会大量增加，从而改变人的正常精神状态，而光照能有效地抑制褪黑激素的分泌。"

更了无生趣的事情还在后面——别以为她连爱都不肯和你做是因为冬天穿了太多的衣服，有点忧郁症的人对很多事情都不感兴趣，床上的事情当然也不例外——反正你一看到什么松果体褪黑素之类，你差不多就可以肯定这总和在床上玩游戏的兴趣有点关系。而且，我还真没怎么见过忧郁的花痴。

冬天做伴其实真的只是互相取暖的意思，暖和了，两个人中有点忧郁症的那一个就开始大睡特睡——因为，"SAD 患者每夜睡眠时间"可以"增加 4 小时"。而且 SAD"偏爱"女性，在年龄介于 20 岁至 40 岁的患者中，男女比例约为 1:4，且伴有家族倾向。

如果真的希望在这么冷的天气里和伴侣互相取暖之余还娱乐一下，最简单有效的办法还是有的，缺什么补什么——除了有事没事多晒晒太阳，再有事没事把所有的灯都打开，因为"以日光灯照明来补充身体所缺乏的光线，即能有效减轻症状。"

另外，多吃巧克力也不错，巧克力因含有丰富的苯乙胺和镁元素（每100克巧克力含410微克镁，而镁具有安神和抗忧郁的作用）而被作为抗轻微忧郁症的天然药物，根据最近的一次民意调查（这恐怕是巧克力公司组织的调查）显示，34%的法国女性和38%的加拿大女性承认，她们喜欢通过吃巧克力来提高性快乐的程度。

如果要画一幅科普漫画，冬天的成人互动前奏或者可以这样——所有的取暖设备都打开，所有的灯都打开，然后男生手举一块巧克力，对着忧郁的美眉说，来吧我们玩游戏？标题嘛，是："都这时候了就别省那点儿电了。"

最差性感供应商

有些话，说出来也许会得罪人。

不过转述的话效果可能没那么严重。听到这话的时候我没想过自己是否赞同的问题，只是觉得好玩。一直以来都有人为了进化论吵个不停，甚至有攻击说那是科学骗局的。不过，听说科学家们在进化论上早就达成一致了，他们主要是和宗教家玄学家吵架。生物学家甚至说，如果没有进化论，我们的生命更加没有意义。

进化论心理学家们的研究最好玩了，他们追究为什么众多物种中独以人类智力和语言进化发展得如此发达，得出的结论——依然是性选择的结果。哈哈哈，还有，我们的语言、诗歌、音乐、绘画等诸如此类的才能在求偶时的作用，相当于雄孔雀漂亮尾羽所起的作用——完全不是生存所必需，甚至耗费资源而不利于生存。

但是在求偶方面大大增加成功率，对于传宗接代这项首要大任务来说，冒点儿生命危险（那么招摇的大尾巴更容易招来敌人捕食，逃跑也不方便，还容易长寄生虫）是值得的。

咱们既然进化得那么聪明当然会在脑子里过电影：

——豪华的歌剧场面紧接着雨后池塘里的青蛙叫声没什么不妥但总有些不敬，那就紧接着切换鲸的求偶歌声好了；

——摇滚现场的画面之后马上切换孔雀开屏或者大猩猩捶胸顿足也是排比效果……

反正都是性选择进化的结果。

如此，你当然可以断定，如果不是性选择，某些受欢迎的男生不会像今天那么擅长说俏皮话，受欢迎的诗人也不会写出"别拧我，疼"之类的传世诗句。除了一刻停不下来的饶舌男性，沉默寡言亦有其魅力所在，才华横溢当然很好，只会赚钱也不太坏，

反正现在存在多少种男性类型，就表明我们的女先辈们最喜欢是哪些特质。

你也完全可以根据现在站在你面前的男生的特质来推断——他的男性祖宗 N 代乃至于 N 的 N 次方代或许就是以这种特质泡妞成功。当然了，到今天还有强奸犯的存在，单从传种的结果考虑，霸王硬上弓也是传播自己基因的方法，但显然这个方法越来越行不通，恐怕这也是连监狱里的犯人都瞧不起强奸犯的更深一层的原因之一。

说了半天，我们的祖先为了增加异性看上我们的机会，在进化上可是费了大力气。谁也没想到事情到了今天，成功上床做爱仍属"尚未成功"阶段，还要维系长期良好的关系才有机会生儿育女。

这真让人想起"师父领进门，修行在个人"——隆重做爱之时如何充分让女性达到高潮完全要看"个人修行"，公狮子成功做爱之后常常撒腿就跑，据说是因为它们经常会把母狮子抓伤，所以完事之后跑远些，怕母狮子报复。可是这有什么，母狮子很有机会怀孕，为它延续基因——人现在不一样吧，恐怕我们同事中的大部分都不这样，你当然也可以把这看成是咱们的女先辈世代挑选淘汰的结果。

所以我说，有些话会得罪人——才华横溢能唱会跳写诗写稿，在进化论心理学家看来，那只相当于孔雀开屏猫儿叫春，而在性乐趣方面取悦异性的这个进化功课，恐怕要由咱们自己来摸着石头过河了。否则，在真正的性感上，咱们都会变成某个形象广告做得天花乱坠而售后服务令人发指的最差供应商。

姿态会有多奇怪

做爱的姿势会有多少种?

不知道了吧? 告诉你吧——我也不知道。

我的一个同事曾经在某个BBS上贴过一大堆TIF格式的小动画, 是他从香港的一个性爱健康网站上弄来的, 姿态稀奇古怪, 蔚为大观, 可是我没数。

研究姿态除了一本正经钻研的《秘戏图考》、《花营锦阵》、《素女经》之类, 据说折腾《易经》也行, 64个卦象都可以钻研出适宜以什么姿态将爱落到实处。

参观各种古怪姿态, 我的好些同事应该还对一个小游戏有印象, 虽然那时候我和他们还不是同事。那是个电脑游戏, 俄罗斯方块，但是那些落下来的方块全部是裸体男女，还有声音。

当时我的那些学动物专业的同班女生到我家玩这游戏玩得哈哈大笑，边玩边看着游戏里那些落下来的男女以各种匪夷所思的角度姿势交合。一个同学2岁大的女儿莫名所以看着她妈玩，我们都说她妈了，让她把女儿抱走，她也不理，没多久，她女儿就跟着游戏里那些奇怪简单的呻吟声冲我们大叫。

当时的单位里也有同事玩，不过通常这时候音效是关上的，但是只要有人惊呼"哇这也行啊……？！"我们就知道又有新手加入了玩这个游戏的行列。和现在的同事讨论起这个游戏，他评价说，游戏本身倒是没有多复杂，但是想象力值得加分。

是啊，还好我们人类拥有想象力，要不然看动物世界之类节目的时候大多数人的优越感都会荡然无存——人类做爱到底有多少种姿势我们未必数得过来（当然，如果你一定要数，只要对姿态严格定义还是可以得出结论的，只是计算的时候务请加上想象力作为系数，并且千万不要忽略那些练习瑜伽柔术和杂技的精英人士）。

但是我可知道有一种姿态，可以拥有最多的名称——小狗式、小猫式、狮子式、大象式、猎豹式、斑马式、犀牛式、瞪羚式、麋鹿式、鳄鱼式、蜥蜴式、猩猩式、狒狒式……反正你随便安吧，如果对雄性动物性器进化的概念和要求并不严格在阴茎的范围而只求形似，那么连鸟类昆虫什么的都可以算进来——地球上动物家族的大部分成员，做爱的姿态真是太单调了。

当然了，鱼不算，鱼还是挺有仪式感的，它们互相对着特别部位翩翩地舞一阵就高潮了（如果你非要把射精看成是高潮的指标的话），它们体外受精。不过所有的鲸和海豚还有海狮海狗海象什么的都是做爱的，人家都不是鱼，人家是哺乳类。

从这个概念说起来，真正意义上的传统姿态应该是小狗式猩猩狒狒大象什么什么式，那才是咱们地球上动物的传统姿态，而不是现在大伙儿公认的传教士式——当然了，这是和最多其他动物的姿态有所区别的姿态。

是不是有点儿闷？噢，除了人做爱的姿态千奇百怪，别的姿态也有其他动物采用，并不由人类发明，而且是它们的唯一姿态。你知道蚯蚓吧？来看一道初一生物课题："蚯蚓的生殖方式是：A. 雌雄同体，同体受精；B. 雌雄同体，异体受精；C. 雌雄异体，异体受精；D. 雌雄异体，同体受精"答案是 B。所以，在交合的时候，它们必须而且只能采用 69 式。

如果觉得生而为人应该觉得自豪的话，那么在这方面，可以聊以自慰的一点是，在所有物种里，我们人类在交合之际可以说是最花样百出，姿态最奇怪的一种。

最好有个狗鼻子

你闻起来怎么样?

不不不,我不打算再说一遍让女青年们闻一堆猛男的汗衫然后凭嗅觉评估他们魅力的那个实验,那种实验现在花样百出,科学家都开始让女青年在一堆汗衫里闻着味儿说哪件是她们男朋友的了,结果嘛,她们连这也行。

所以啊,男同事们还是知道一下这些消息为好。我们的女同事之间,工余说起来,当然也会偶尔提及某英明神武的同事身上之味道逼人而来。而科学家们的研究结论之一,则是如非意外如非变态,大家都不太喜欢别人体味太重。

天天变着法子研究和性有关的课题真是很好玩,美国的科学家们给志愿者接上各种电极,然后给他们闻各种味道,看他们大脑的血流图像，总结出男生们（最起码是芝加哥男生）对身上散发着熏衣草味道或者南瓜派味道的女生大有好感，女生们（最起码是芝加哥女生）则喜欢男生的身上有青瓜味，还说男生没事乱洒古龙水最让她们扫兴了，当然，青瓜味道的古龙水可能例外。

还有……就是科学家让大伙儿挨个儿互相接吻，吻完了马上评价这个吻滋味如何，然后得出结论，大家对一个吻的滋味评价好坏，诸如一般般啦，很清新啦，或者还可以啦之类，九成由被吻者嘴里的味道决定。

为了强调嗅觉在性方面的重要性，还有一个相关的资料链接——研究发现，在丧失味觉的男性当中，1/4 的人性功能发生障碍。

所以我说，你觉得你自己闻起来怎么样。

坚持把两性关系化化化的科学家们一直强调男女之间是一闻钟情而不是一见钟情。商人们当然很高兴，开发了一堆荷尔蒙香水湿纸巾——确切地说是外激素——之类的产品，让渴望一闻钟情的人们去舞厅上酒吧的时候用。

这些玩意儿是否有用的科学实验我倒是一直没见到，但是笑话倒是早就编好了——咱们人的荷尔蒙啊，和猪的最像啦，人工合成多么麻烦，不如人工提取——所以，我听到的那个笑话或者是个恶毒的谣言：说有人喷了那些荷尔蒙香水还真有效，被一群猪追着猛跑。

你相信科学吗？你当然要相信。所以，如果想要充分领略性之欢愉，咱们大家最好都有一只可以仔细分辨性感的狗鼻子。

科学家们还有一个实验没做——女性是否可以凭着嗅觉嗅出某个男性比较威猛。这也应该是个好课题，无论在什么方面，总是有些人会天赋异禀——我认识一个，她说，她可以。

能问你的身高吗

请上搜索引擎，搜索"简邦平"。

也没什么，就是一则好玩的新闻，对于我们女同事来说有着纯粹和绝对的娱乐性，对男同事来说可就不那么一定了。

算了不卖关子直接说吧——据《联合报》报道，台湾高雄荣军医院泌尿科主治医师简邦平提出一套计算公式，利用身高，就能算出阴茎勃起长度。报道里说，因职务之便而"阅人无数"的简邦平，收集了167名因勃起障碍而制作人工阴茎的患者及三位勃起功能正常的男性数据，得出"（0.061× 身高 +7.41）×0.65= 勃起长度"的公式。

阴茎长度的计算方式，一直有很多种说法，有人说和"人中"的长度成正比，也有人说看脚掌长度就可知阴茎长短，还有人说男人的鼻子很重要，大鼻子的男人也会有个大阴茎。但简邦平说，这些说法都没有科学根据，他把身高、身体质量指数、体重及阴茎海绵体宽度都行入分析，发现身高是会影响阴茎长度的变数。简邦平强调，这套公式只适用于黄人，白人和黑人皆不适用，也强调功能与尺寸无关。

　　N 多年前俺也成天写新闻稿，一着急的时候所有平时不屑的陈词滥调总是滔滔而出。不过呢，看你说的是什么事情了，有些组合有些时候还真是有古怪的娱乐效果，例如"破除……的迷思"，报道里说啦，简医生"希望这套公式能破除国人阴茎过短的迷思"，哈哈哈哈哈。

　　你信吗？我？哈哈哈哈我我我当然不能信，只从尊重我们的男同事的角度出发我都不能信，对吧。况且，统共才 170 个数据——咱们这里有多少地球人？按 60 亿算吧，男性占一半，按 30 亿算吧，再刨去 18 岁以下的小孩……咱们按这个来吧，根据联合国人口基金会公布的数字，目前全球约有 10 亿 20 岁以下的少女正在进入育龄期，一半对一半，那么可以让这10亿少女生娃娃的少男至少也有10亿，你得要收集多少数据才能总结出个公式来测算？

不过呢，最近风头很足的纪录片《女人那话儿》里采访了钟爱宝，10小时连续性交251次的世界纪录保持者，还穿插她破纪录时的照片，蔚为奇观。我觉得钟爱宝说的最好玩的事情，莫过于当其盛况空前之际，男人们对她的兴趣还不如相互之间比大小的兴趣大。

所以，只要有人列出算式，不管是娱乐还是好奇，相信大家伙都会加减乘除地忙乎一阵。

所有的男生请注意，最近请对以下问题提高警惕："能问你的身高吗？"不过，如果人家用目测这招，那还就真没办法了。

每周一个性问题

当然会有同事问，每周一个性问题，你哪儿来那么多的问题可以说。

是啊，你没看见我的同事经常被我用问题骚扰。他们很高兴地正聊着天，就会有人说，这个问题告诉我好像很合适——你以为要培养这样的条件反射和自动链接容易吗，从前没事在网上潜水，就注册过一个 ID，叫做"我容易吗我"。

当然当然，大部分时间还是要自己找资料做功课。说起来都是直奔脐下三寸之地的话题讨论兼科普，真有那么多的话要说吗？

——有有有，当然有，说起来发动机还就那么些活塞轴承气体混合比例加爆炸原理，只要有兴趣，你可以从拖拉机一直坚持不懈地折腾到航天飞机。

比如说，我们对性问题的好奇心除了对同类的窥视好奇之外，对其他所有生物的这个问题也同样好奇——这就好办了，各种各样的话题都可以讨论，比如说最柏拉图的情人会是哪些ABC，所有动物里最会使诈的情人都是哪些甲乙丙，找对象最为艰难险阻的是某某某，最肯为情赴汤蹈火的大情圣又是谁谁谁跻身全球动物之中的前十名……

说起使诈，最小儿科的是公孔雀，"他们"的长项在于开屏"色诱""她们"，不过呢，这些鸟类里的男性玛丽莲·梦露在开屏色诱观众之前，会先假装发现了一堆好吃的，诸如做惊喜状猛啄地上，让"她们"以为"他"找到了一堆植物种子，等"她们"围过来了，"他"才"各位观众——"地隆重开屏。

比较离谱的使诈是加拿大某个山谷里的一种蛇。每到春季，这些冬眠的蛇真正是万头攒动奔涌而出，让那个地方变成真正的蛇谷。而更过分的是，这种蛇的雌雄比例是1∶3000，每到一条雌蛇出来，简直群雄大乱，争先恐后地追逐途中互相纠缠打结狂奔

不已，场面极其疯狂吓人。然后，就会有一些雄蛇使诈，让自己发出一些雌蛇身上才有的荷尔蒙气味，让一众雄蛇大为高兴，追着它就狂奔。等跑得差不多了，这个骗子就径直撒下一堆上当的对手冲向真正的雌蛇。科学家们说，这个法子比较容易让这些雄蛇在生殖竞争里得到更多的好处和优势……真让人想起《蝴蝶君》。

有没有见过雌性猕猴集体发情的盛况，至少是在镜头下或者图片上？一字排开撅着屁股，真是红肿之处艳若桃花，远看像一群穿着粉红色小裤衩的小人。

不过如果你想自豪一下的话，看来还是人类集进化精华之大成，或者客观些，你可以说，看来还是人类集进化上的骗术精华之大成，我们的臀部终年肿胀，随时处于发情期，或者至少给别人的感观是天天都性感。而且，男女分别调查的最新结果，均觉得人类不论男女，全身最性感的部位，非臀部莫属。

……有时候觉得，网上经常有人组织讨论"如果你的女朋友假装高潮你会怎么想"之类的问题，从生物繁殖和进化的角度看，那和她们去化个妆整个容隆个胸还真没什么本质性的差别，和男生去练肌肉壮个阳吃伟哥也没什么本质性的差别。

比个武来招个亲

是个中国人都知道比武招亲这一说吧，好玩之处在于只有女生比武招亲的，武艺高强的她摆下场子，要招一个比她还武艺高强的郎君，打赢她的，招为夫婿，或者看得喜欢了，就算打不赢她，她也会输他个一招半式，也就欢欢喜喜进了洞房。

当然了，换个角度思维，比武招亲不一定非得打上一架大战三百回合不可，真要立志，田径场上编辑部里都可以——跑步跑得赢，喝酒喝得赢，下棋下得赢，写稿写得赢，他会开飞机你不会，去哪里吃东西他比你知道的地方多……不就是要找一个比自己强，至少某一方面比自己强的对象嘛，只要女生有一技之长，都可以。所以呢，我们老是觉得影坛之上影帝配影后，田径场上男飞人配女飞人的这种组合真是棋逢对手将遇良才，我们自己私下就给他

们来了个比武招亲。

站在国际化的角度看，比武招亲也许可以算是咱们中国文化或者民俗里的一个特色。不过呢，站在动物界的角度来看，比武招亲却不能算是咱们人类的独门发明创造，印度犀牛干脆是全体一直这么干来着。

科学家观察了印度犀牛，得出结论说……我干脆翻译成我自己的话吧，这样说起来利索一些——身为印度男犀牛啊找对象还真不容易，他们整天都见不着个美眉，别说美眉吧，连恐龙都见不着，他们的地盘很大，为人（牛）低调，喜欢独处，还是素食主义者。不过，没事你要是招惹他们他们就会翻脸，兼且都是大近视，什么看上去都是模模糊糊的一个大概，看了什么东西动来动去会一头冲过来将其撞个底朝天再说。

他们要是想找对象，只能在地上猛闻（他们的嗅觉还可以），吸溜着鼻子到处转，看看有没有同类美眉的尿液之味道。而且，在他们打算找个对象的时候，脾气都坏得要命——科学家们也很幽默，对此评价说，你想想啊，要是换了你，找对象还非得到厕所去找，你能脾气好吗。

而印度女犀牛呢，她们啊，没什么地盘，到处游荡，特别像是行走江湖的酷女，不过为了和男犀牛相配，她们也是大近视，也是素食主义者，脾气也不好，看了什么东西动来动去也会一头冲过来将其撞个底朝天。

等男犀牛终于在厕所里找到了女犀牛的信息，狂找一气再找到她的踪影，他还得特别耐心地跟在她后面转悠个一两天，绝对不能像见了亲人似的上去就扑，否则把她惹急了管你什么如意不如意的郎君，照样给你撞几个跟斗……

一切都顺利的话（在这里，顺利的意思，是指女犀牛搞明白了有个男的跟在后面，而且还是只犀牛，而她又正好打算招个亲），比武招亲就此开始，女犀牛开始噔噔噔地撒开蹄子跑，就是……她在前面跑啊跑，他在后面追啊追，完全是场拉力赛，起码要跑一天，有时会跑个三四天，追得上，才有洞房一说，追不上，那就只好哪儿凉快哪儿待着去了。

——这怎么看怎么得算是比武招亲了吧?

我的一个同事听我说了半天犀牛比武招亲的事迹,说,你这和性有什么关系啊?我气坏了,说:"咦,这,这这,这比完武了马上就是了啊!"

……好吧,接下来,它们就成亲啦,就就就,就很性福啦。

比翼三飞禽兽版

我有一个同事，他胡说八道开玩笑的时候说："其实啊，我不反对同性恋，特别是女同性恋，我挺能接受的，最好是她们恋得正高兴，还让我加入……"什么人啊！

——抓流氓啊……这是我一个同行在网上论坛里发帖子时用过的签名。

我很严肃地说，你这算是资产阶级坏思想吧，多腐朽啊。这要在从前，怎么也得摊上个禽兽不如什么的吧，这要是在现在，据我所知，禽兽里面还是有这种想法和做法的，所以，我也不能说你就不如它们，只好说你的想法和它们中的一些还是比较一致的……

动物行为学的开山祖师康拉德·劳伦兹研究了三十多年灰雁，

说灰雁群体里有时候会出现两只雄雁结伴的情形，这种组合也会吸引雌雁，甚至可以说，对单身的雌雁更有吸引力。看上这个组合的雌雁，或者是看上这个组合里其中一只雄雁的雌雁，会没事就跟着这两只雄雁，或者抓紧一切空隙跟着其中一只雄雁，直到"他"或者"他们"接受"她"。

成功加入这个组合之后，这只雌雁下的蛋，日后可以是这两只雄雁的后代，也可以是其中一只雄雁的后代。这种组合也很稳定——按我的理解，这还真可以称得上比翼三飞。

至于说到兽，如果你觉得哺乳类都可以算的话，海里的兽也不少，比如说鲸。科学家们观察了灰鲸，灰鲸长年生活的海域在白令海峡，要生孩子则需要远征——那是真正意义上的远征——路线北起白令海峡，沿着阿拉斯加海岸经加拿大、美国，南至墨西哥止，全程6500公里。那么费事的原因，科学家们分析啦，说小灰鲸生下来的时候还缺少足够的皮下脂肪，在冰天雪地的北极圈附近的海水里生下它们，完全等于杀了它们，所以，灰鲸还非得找个暖和的地方来生。

灰鲸的小娃娃刚生下来就有 4.5 米长，1.5 吨重，而制造这个超级大婴儿的过程，则堪称真正意义上的"三人行"兼"互相帮助"，不帮，则"事不谐矣"兼"事不成矣"：一头雄灰鲸总是要在另一头雄灰鲸交配的时候顶住它，以免它从雌灰鲸的身上滑下来，等这头雄灰鲸完事之后，也要帮着刚才帮过忙的"兄弟"完成洞房云雨繁衍之终身大事。至于生下来的娃娃是谁的，那就管不了那么多了，看谁的精子跑得快吧，反正，那已经是 12 个月之后的事情了。

以上两则，可以算是比翼三飞禽兽版。不过，和那位同事美滋滋的想象不一样的是，这同时还是动物门中的一妻多夫版。

对熊猫的性教育

在交配和繁殖方面，异常勤奋或者说淫荡非凡的动物很多。在漫长的生存进化之路上，努力和精力放在哪里还是看得见的，所以，淫荡大军通常生存得很好，一派家和万事兴的繁荣景象，比如蟑螂家族，比如虱子家族。

什么动物都有人为之痴迷，有科学家研究虱子超过二十年。说起来光是人身上的虱子就分头虱体虱阴虱三种，黑猩猩则是动物之中唯一像人一样会长阴虱的动物。

如果我有同事身上长虱子，恐怕他自己一定觉得很丢脸，而其他同事也会觉得他有点儿不讲卫生。可是，科学家们说，虱子身上有 14 个气孔，空气不好的时候可以闭气，这意味着它们可以在含氯成分的水里或者在洗发精里活几个小时不呼吸，只要沾惹

了它们，你洗头洗澡洗得脱皮都没用，且目前尚无一次性有效的除虫剂。所以，科学家们体贴地认为，如果有人长虱子了，不管那是不是我的同事，都不代表他们不讲卫生。

　　好了我眼中科学家们的研究之中比较有意思的部分来了——虱子们的性生活非常放纵，什么体位都可以，雄虱子可以不停地交配 4 个小时，连续让 18 只雌虱子受精——如果换算成咱们的标准，那相当于一个成年男性连续 365 天不歇气地做爱。还有，如果把雄虱子的身体放大到人体的比例，那它们完全是天生的性爱机器，它们的睾丸可以有 5 公斤重，阴茎勃起有大腿那么长。

虱子的寿命有一个月，雌虱子可以产下 100—400 个卵。如果你的头发里被那么一对淫荡的小夫妻进驻，那将会变成一个什么样的性爱乐园兼大规模的宝宝幼儿园……仔细想一想，相信你一定开始头皮发麻。

而对性比较郁闷的通常都属于珍稀濒危动物，比如说咱们的国宝大熊猫，据说全世界就那么一千来只了。更要命的是，科学家们发现它们不太会"自发性交配"，不论是野生的还是人工保育的，里面七八成都不会自己做爱。雌熊猫一年也就一个月的发情期，高峰期只有两三天，就这样雄熊猫都还不抓紧时间大干快上，而且，基本上是不懂兼不会干这事……真是急死全世界的科学家。

情急之下科学家们开始了对熊猫的性教育——在发情期播熊

猫交配的叫声给它们听，放熊猫交配的录像给它们看，真是循循善诱兼心急如焚，就差没有冲上去身先士卒亲身示范了。效果嘛，也不能说完全没有吧，反正还有最后一招，人工授精呗。哎！

刨资料刨得简直恍若空中传来画外音：……在漫长的进化之路上，兴旺的动物家族各有各的淫荡，濒危的动物家族总是同样的不性或者不行。

三节棍和一条鞭

和同事不止一次聊起过，有时候台湾的社会新闻内容"八卦"非常，却写得一本正经，和写严肃新闻完全没有区别，搅在一处也就是冷面笑匠的效果，实在是很娱乐。

前一阵就有这么一则："与女友共骑勃起，车祸断成'三截棍'，抢救重回一条鞭"——说的是高雄市一名石姓飙车族少年，坐在机车后座，教正在热恋中的女朋友骑机车，"由于太过热情兴奋，生殖器就在高速行驶过程中勃起，想不到一个突然的紧急刹车，生殖器在剧烈的碰撞之下，当场折断成了三节，有如'三截棍'一般，当然，他也忍痛前往医院治疗。对于这起罕见的'命根子意外'，联合医院泌尿科主任张政昌也呼吁青少年最好能戒急用忍。"

而当这名少年剧痛之下被送到医院时，"医生看到这样的伤势，直叹真是少见，于是紧急进行手术缝合，将'三截棍'缝成为'一条鞭'，可说是标准的'妙手回春'。"据说，"目前少年复原情况也相当良好，医生研判，他还能够继续传宗接代，算是不幸中的大幸。"

所以最近我和个别编辑同事一想起这事，就忍不住想琢磨一下在使用成语"戒急用忍"和"妙手回春"时，是否还有可能存在比这更好的双关用法之其他情形。

当然，顺便也就带出一些糊涂问题，诸如那话儿到底有否软骨，如果都是海绵体会怎么个折断法，是否能称之为骨折，还有，怎么治呢，要不要打石膏固定之类。

性爱运动场里，通常会有两类选手：第一类，坚信实践出真知，通常喜欢自己摸着石头过河；第二类，用前用后详细研读学习使用说明书，通常先看看《婚前婚后 300 问》，打算生孩子的时候则认真学习《妈妈宝宝》。

　　这次的问题，估计喜欢看说明书类型的选手会比较思路清晰，因为几乎所有不同版本的新婚手册内容里都会提到让新婚男生谨防发生"闭合性阴茎折裂症"，又称"阴茎骨折、阴茎破裂、阴茎折伤、阴茎损伤"的情形，包括：欲仙欲死之时"男方动作过猛或女方过分扭动；在有人的场合阴茎勃起很不雅观，为扭转这种尴尬局面用手猛将勃起的阴茎向其后方或侧后方搬扭；勃起时过猛翻身撞及"等，原理则是因为"勃起时海绵体充血发硬，白膜绷紧变薄且少韧性，此时若遇强度较大的钝性暴力，致使海绵体和白膜超限负荷，形成折裂"。

　　通常这种不幸情形发生时，据说男生自己"常可感知发自阴茎的折裂声"，而通常只会断为"双节棍"，医生们为此备有保守疗法活血化淤也有手术疗法修补海绵体白膜，7 到 15 天就好了。

　　喜爱学习研究说明书的选手们有福了，说明书里还很体贴地建议说，一旦雄风大振得不合时宜，"可用柔软的火柴杆掏外耳道，则可在短时间内……迅速萎软下去",还有附注,短时间的定义是"半分钟到一分钟左右"。

……打算再查一下资料,看看人以外其他种类的雄性动物会否闹这个景儿,它们可没有说明书以供学习和参考,也不能看医生。

小声发言的科学

一般来说，科学家们正在研究的话题，我们经常听见的，大都是理直气壮可以大声发言的课题。而有些课题，则属于小声说话的科学，因为说出来有人受不了，太有忤于社会主流价值取向，从前的科学家们只好视而不见，或者小声发言。

比如说，关于昆虫的社会结构啊什么的，太像人类社会了，可是极端无政府和绝对民主，也很有效率很成功，这真让人生气和崩溃。

比如说，1896 年就有科学家报告说，看到大象们做出了令人发指的有辱上帝和人类双眼的极端堕落的行径——大概是那意思吧，用现在的话来说，就是他观察到大象同性之间的性行为。

抱着进化论的观点，动物们一旦交配就应该为着繁殖的目的，对繁殖和生存没好处的事情都应该被淘汰进化掉。咱们人类又不同，身为万物之灵咱们当然懂得消遣娱乐，所以，科学家们只要观察到动物交配，一般都认为那是一雄一雌，如若不然，那就是动物搞错了，是个别现象而不是普遍现象——结果嘛，结果到现在就不太对劲了，一大堆动物行为学的观察报告都指向一个迷茫未知的方向——好像不是这么回事，同性恋在很多动物群里也很普遍，那么它们这是干吗呢，这在进化上的意义又是什么呢，那我们人类中的这种现象又是怎么回事呢，我们和它们到底有没有区别呢……这好像已经不是骨牌效应了，闹得不好都能听见哗啦啦大厦将倾，这有可能会是一场颠覆。

怎么说呢，在可能的颠覆发生之前，瞥一眼这些小声发言甚至是窃窃私语的课题，或者到时候不会太惊慌失措：

第一个在海里拍到章鱼交配片断的科学家兴奋莫名，但是很快他就不了，他大吃一惊，完全不相信自己的眼睛和判断，以至于要同行帮忙，看他是否搞错了——那是两只公的章鱼；

然后，还有片断，拍到的是不同种类体态相差悬殊的两只章鱼打算交配——居然还是两只雄性；

雄性海豚终身结伴已经不是新闻，现在的课题是想搞清楚这么干在繁殖方面到底是不是有好处；

某种羚群雌性交配非常普遍，科学家起先甚至为它们解释这是否是为了更充分地挑动雄性，不过真是枉费一片好心，"她们"甚至在繁殖期有大把急不可待的雄性可以选择之情形下，都宁愿同性恋；

灰雁会有两只雄性结伴，而一种海岛上的鸟则会有两只雌性结伴待在窝里；

猩猩嘛，著名淫荡的倭黑猩猩已经不能说是同性恋，它们是多性恋，男女老少乱七八糟地在任何地点任何时间胡来一气；

海豹在海里觅食的时候也被观察到同性之间结成的伴侣关系；

雄性海象也很离谱，打架打输之后岛上的雌性全部没份，"他们"会不分雄雌地强暴那些小海象；

……

　　这些课题越来越多地汇聚的结果，到最后是否会从窃窃私语变成振聋发聩？我对着某个听完之后直发愣的同事笑嘻嘻地说，我想在咱们的有生之年还是会知道的。

动物繁殖学碎片

谁知道呢，反正这个世界上没有如果，否则就像发呆之时我和同事嘀咕的那样，如果如此如此，那么我有可能到现在还猫在深山里做大野人，老是要去找到某种动物看它们在干什么。

同学中有人毕业就去了海中的荒岛，女厕所都是她去了才搭，之前那里根本就没有这种奇怪设施，伊人之任务是观察那些荒岛上的猴子，猴子的数目比人多。并不是每个学生物的女生都是热爱黑猩猩的珍妮·古多尔，据说我那个同学每每回来放假时就大哭，不愿意回去，天晓得是她观察了猴子还是猴子观察了她。

同学之中干得如鱼得水的也不少，印象中 N 多年前有一个在研究用化学药物阻断精子的产生，这个好办，但是阻断之后的可逆反应怎么办呢，当时他就在忙着攻关，好像是个联合国人口控

制协会还是基金会之类的科研项目，他正在狂做电泳实验。还有一个，是学植物的同学，女博士，伊在专心研究葡萄皮，葡萄皮里含一种成分和抗衰老有关，之后我老在吃葡萄的时候考虑要不要吃葡萄皮。

相比较而言我觉得自己是挺没有出息的那个，最多在工余时间对着现在的同事把 N 多年前学过的皮毛聊作谈资。不过当年在选修动物繁殖学的时候我不这么想，一进教室的时候发现只有一个女生选了这门课，还以为这是日后俺有点苗头的先兆——直到教授开始在黑板上奋笔疾书关于种畜精液的质量评估，人工采精时人工假阴道的制作，和，人工授精。

我们还去种畜场实习，真是个大受刺激的时刻，那些种牛都高大威猛，比我站着还高。一旦牵着一头母牛走过种畜栏，气氛马上开始骚动危险起来。最紧张的莫过于人工采精的示范，让一头母牛在外面站着，从栏里放出一头公牛，它真个是立马扬鞭奋蹄，直奔主题，斯时也，但见咱们的教授高举着人工假阴道一个箭步

奔向那条鞭……我觉得即便是炸碉堡也就那么回事了。

在那门课里我们总计先后观摩了牛猪猴兔的扬鞭奋蹄和上去就扑……的行为，用牛的精子在液氮里搞成牛黄解毒片那样的丸子，要卖给农民兄弟，挽起袖子要给母牛人工授精，诸如此类。相比较而言，我觉得为挽救濒危动物而这么干会酷很多。

我的一些同事说，每到我写一些关于动物的性，他们就觉得和自己不太相干，他们还是喜欢看直接讨论关于人类的性话题。可是，我一直觉得人就是动物的一种，看看动物们在做什么，和看看别人在做什么，区别不算大。

那么多的动物在它们想"要"的时候，都不假思索，直奔主题。哺乳类里，只有人类在需要性的时候，那一套仪式非常复杂漫长。其实，在好些人思想激烈斗争想要又不敢要委决不下之时，看看那些特别自然直接的哺乳同类，大概就会觉得，老是端着个架子真有些没必要，别一辈子都让不好意思给耽误了。

百分之一性幻想

正在做爱的男女通常在想什么?

在看到资料之前,我从未想过这个问题,而如果要马上回答的话,我可能会想当然地说,大概什么都不想吧,还有那工夫想别的事情吗?

可是人家就有报告,专门研究男性和女性性交时候的性幻想,包括幻想:与以前的爱人做爱、与想象的情人做爱、口交、群交、被迫性交、性交时被观看、无法抵抗他人的性、被拒绝或被性虐待、迫使他人和自己性交、让他人向自己的坚持妥协、观察别人性交、与同性成员性交、与动物性交,等等。

至于没有性交时候的性幻想,也有研究,在 1997 年的一项调查里,有 12% 的男大学生和 10% 的女大学生参加过网上性聊天——这个数字在今天看来已经太小儿科了，科学家们说，某些人特别是女性，发现网络是一种性革命，她们可以在网络空间以完全安全的方式实践她们最狂野的幻想，与现实生活完全不同。

在大家觉得比旧社会爽多了的今天，性幻想一般被认为是性欲健康和有好处的事情，不过，研究报告也说了，如果你对性觉得有罪，那你对自己的性幻想就不那么兴奋，还有，如果你对在性交时产生的性幻想也觉得有罪，那你就肯定不如不那么想的人那么爽（有将近20%的大学男女生对他们性交时的性幻想感到不舒服或者羞耻）。

报告里最少的幻想情形是与动物性交，只有1%的男性会那么想。

不能把自己的幻想和现实分开的人通常会搞出乱子，但是对于拥有这1%性幻想的人来说，即便他们之中的极少数万一在今天搞出了乱子，结果也会比在中世纪好得多——人和动物都要被处死。

1662 年 6 月 6 日，美国的一名男子在自己临死前亲眼目睹了与他发生性关系的一头母牛、两只雌犊、三只绵羊和两头母猪被屠宰的场面；

1750 年，还是美国，一个名为杰克·费隆的男子因与一头母驴性交而被吊死，不过这次和习惯做法相反，母驴因当地修道院院长和几位地方名人共同签名的一份声明而得以幸存：他们在声明中说，认识此驴已有 4 年，而它无论在户外还是家中均品行良好，此前从未有任何不良行为。

……

可以让人放心的是，科学家们说，绝大多数人能在他们的幻想世界和现实世界划出一条明显的界线，幻想归幻想，但可能永远不会真那么去做。

和同事聊天的时候说过，理想是要去实现的，幻想是用来娱乐的，现在郑重声明，说那句话之前我还没看到这些报告和资料。

摸上去手脚冰凉

想起来有过一阵，大伙儿都看过同一部儿童不宜的影碟。记得有看过的某同事笑嘻嘻地对还没看但是正准备观摩的某某同事说："估计时长接近一小时——不过大部分时间里他们都在做别的事情，打电话啦洗澡啦聊天啦接吻啦什么的，你不用自卑。"

那段时间工作不算太忙，没事就想出一些奇怪问题到处骚扰同事，但是那次我什么都没说，后来就被别人调查了："你们女性看这类影碟通常对哪些部分感兴趣？"咦，想起平时他们回答问题的古怪情形，马上飞快地回答："当然是男性为女性服务的部分。以此类推，你们比较感兴趣的应该是女性为男性服务的部分是吧？还有还有，你们觉得或者希望女性对此类影碟内容的哪些部分感兴趣？……"给出一个答案，附送了一串问题。

　　实际上如果不是俩人均干柴烈火急不可耐的情形，如果不打算抽出半小时以上的工夫，估计所有的专家们都会劝你还是别折腾了，偶一为之还可以，长期作饿虎掏心状直奔主题会让事情大告不妙——专家们手里的数字是：女性性冷淡的发生率约为30%—40%，也就是说，每三个女性就有一个性冷淡。而且，除了极少数生理构造有缺陷的女性外，绝大部分女性的性冷淡都是后天造成的，并且更多的是男性的责任——教科书里老是谆谆告诫新婚男青年们不要太简单粗暴，至于如何不简单粗暴则语焉不详。

　　其实怎么才算胆大心细技术精良也不是找不到教材，最为脍炙人口的经典资料都是长期热卖的书籍，只不过不是人人谈恋爱之前都会通读一遍。并且，那种情形之下，他们注意力集中的重点，通常都放在详细阅读如何避孕的章节上。

　　同样是课余活动，关于性事的技术交流气氛，肯定不如采访技巧、麻将秘籍的交流来得方便活跃。不过，不能做到技术全面，至少也有足够的理论支持可以一技傍身，而且现在也不算太晚——

美国人也要等到 20 世纪 70 年代金赛发表他著名的《女性性行为报告》，公布对十万名美国妇女性生活的调查统计结果时，美国人才知道口交不只是少数不正常人的性行为 —— 在被调查的女性中，有半数妇女有被男性亲吻性器官和亲吻男人性器官的经验。在较年轻的妻子和受过高等教育的妇女中，有过这两种经验的占 60%。

不但如此，报告里说，最常进行口交和最喜欢口交的妻子，对她们的性生活和婚姻关系最感到满意。例如，常常口交的妇女，认为她们的性生活极好的占 42%，从来没有试过口交的妻子中，认为性生活极好的只占 23%。

报告里还说，经常由男性用嘴刺激她们的性器官的妇女占 39%，偶然这样做的占 48%，做过一次的占 6%，从来没做过的占 16%。而，这些女性们的反应是，非常喜欢的占 66%，喜欢的占 28%，没有感觉和感到不快的各占 4%，厌恶的则占 2%。

如果还需要理论支持，那么可以再认真学习《海蒂性学报告：

女性篇》，一直读到有女性被调查者声称她特别希望给弗洛伊德一拳那一页，相信比较尊崇权威和理论的大部分男性都会开始对一技傍身这个建议有所考虑。

假如你看完这篇稿子之后还采取了更进一步的改进行动，那么，还有个检验行动效果的办法——平常如果她总是比较怕冷而摸上去手脚冰凉，这时候应该好多了，如不，那……继续研究理论还是努力埋头实践，只好各人看着办了。

全过程全副武装

闹非典的时候，有几个同事戴了口罩——不过，戴得花样百出，进报社大楼就摘掉的，在办公室里把口罩弄个小洞抽烟的，在对着电脑嫌憋气时露出鼻孔的……诸如此类。

也就和某些人使用安全套，但是用得马马虎虎偷工减料的情形差不多。

双人互动游戏中，最多人使用的避孕工具仍然是安全套，不过，相信不少人并不清楚，除了避孕作用之外，如果希望最大限度地避免感染，那你得全过程全副武装。

一份资料里提过，避免感染艾滋病的最佳方法，就是使用橡胶安全套，甚至包括在口交的时候。否则，女性可能会在对男性口交的时候被感染，原因是对男性口交至使之兴奋时，有可能使他们产生射精前分泌物，而吸收这种分泌物也可能会有危险——牙齿的齿龈附近常有血液（咱们都每天刷牙吧？老是刷出血来一点都不奇怪吧？）——病毒便循此途径进入人体。与此同理，男性也可能在对女性口交时感染。

其实，只要你不是全过程全副武装，艾滋病以外的其他玩意也都有机会中奖，不过视其几率大小罢了。

也许说到这里我的有些同事会强烈抗议："你在这儿胡说八道什么啊，我们都是冰清玉洁的兔宝宝。"可是，大家总会出差吧，某些奇奇怪怪的新闻里出差住店中奖的、朋友来小住中奖的个案不是没有，绝大多数的毛病并不凶险而是很常见的感染，滴虫霉菌之类，能治好，但是，无端端中奖就够麻烦的了，还会有很大的机会两个兔宝宝交叉感染。

最近看到的比较极端的个案，是香港一位女读者写给某性专栏的信：伊人喜欢口交，并且吞下男友的精液，事后开始觉得喉咙痛。结果主持专栏的大夫忠告她尽快看病，且举例说，有些耳鼻喉医生每周都可能会碰上一两个淋菌咽喉炎患者，原因是两三天前有过口交，经过潜伏期而发作，男伴是淋病患者。

一般来说，只要事情不发生在自己身上，或者不发生在自己认识的人身上，我们就会觉得那离我们很远。

不过，闹一场非典大大地提醒了大伙儿我们生活在充满微生物的星球上，微生物的生命周期比起我们是那么短暂，几乎是一瞬即逝，用《古德尔论生物进化大历史》里的一个比方，那就是，对于微生物来说，咱们人体就像珠峰，适于它们长期开采。

如果非要全过程全副武装，男性装备有安全套，女性装备则乏善可陈——在拿了国际大奖的纪录片《女人那话儿》中，一位女性社会工作者拎着那个装备说："你说，发明这玩意儿的人脑袋是不是长在屁股上？！"

……实际上，有多少人会为了最大限度地降低感染几率而全过程全副武装，又有多少人宁可赌一赌运气？

偶像梦露在床上

从前，我有一个同事，在某天的早晨，气急败坏："我的电脑我的电脑，不知道是谁干的，一开 IE，就是色情网站，还怎么设首页都设不回去，谁帮我搞定这事啊，我请吃饭。"我听了哈哈大笑，说他看了就看了呗，首页就首页吧，他几乎跺脚："真的不是我干的，要是真的有什么不敢承认啊，而且那台手提电脑是公用的，用完就还回去，这怎么行，成何体统！……"哎哟可怜的人。

一般来说，男同事如果私下喜欢看个成人清凉图片什么的，女同事们觉得不算奇怪，也不算变态，至于他们的家属女友怎么想，那是他们的事。

不过，应该是不会很高兴的。人是多聪明的动物，这种不高兴往小处说是小心眼想不开，往大处说那是每个细胞里的本能——

人类学家唐纳德·西蒙斯提出过这么个说法：美即平均——所有人的平均数很可能反映出最佳的身体结构。物种选择的压力使咱们人类的大脑里布满线路，用来计算各种平均值，大脑也显出对平均值的偏好。当然，在这里说的是人脸，西蒙斯把这种机制称为"求脸部平均值装置"。

　　而另一个科学家高尔顿做的数字化合成图像测试平均美的实验里，则是几乎没有哪个人能够比合成图像更具有吸引力——与此同理，如果某男生老是喜欢看清凉图片，而那些图片里的模特儿都是精心挑选出来的，他脑子里的"求脸部求身材平均值装置"求出的平均值当然很高，翻译一下来说，就是，你就是个仙女，混在仙女窝里也就没那么出彩了。

　　本来，客观点的平均值应该去海滩上澡堂里多看看，那比较公平一些，可是，不会有哪个女生在男伴看清凉照片的时候建议说他还应该去澡堂子里转转的吧，况且去女澡堂看会被人当流氓抓的。好了，你说，这种情形下，这些男同事的家属女友们会不会非常高兴吧，从小心眼到科学道理，她们都应该不高兴。

当然了，科学家们也说，平均不必是自然选择中美的唯一评判标准，在追求配偶出现竞争的时候，"性炸弹"（真的这么叫，文雅一些，又叫"超常刺激体"）就出现了。

20 世纪 50 年代一直到现在，玛丽莲·梦露是自始至终的性偶像霸王，然后，接下来的八卦就有点恶毒了，让男同事们失望。和她有过两周风流的艺人安东·拉维说她是性被动，她的摄影师们也偏向同意这种描述——弗雷德·吉尔斯说："大部分时间十分关注自己，对男人根本就无反应。"而诺曼·梅勒总括说她："在床上挺可人，不过是接受而已，没有追新求异。"还有，据说她和著名的马龙·白兰度办完事之后喃喃地说："我不知道我做得是否正确。"

……这都没什么，要命的是据她的女仆莉娜·佩皮描述的她在纽约的日常生活里，一点约束都没有，不断地打嗝、放屁、极少沐浴，尽管她能费好大劲来漂白自己的阴毛（"我想觉得浑身都是淡色的"），这使她受了感染。她没有一件内衣，她在床上吃饭，用床单擦身，而床单不得不经常换洗，尤其在她月经来潮时……

　　……不知道以上种种，在计算平均值的时候是否计分。

欢娱用品热卖中

你看垃圾邮件吗？

通常我都会飞快地删掉，我觉得，只要你看了，那就不是垃圾邮件了。

我把这归咎于前几天出门旅程的不顺畅，塞车、误机，然后遇到雷暴，再之后，回程是被台风困住……反正只要待在机场，我就会觉得咱们的科技一点儿都不进步。回家之后，这人就连垃圾邮件都开始仔细看了，还挺好奇地上了人家的主页。

在我的概念里，欢娱用品不外是扑克牌，骰子盅，老虎机，麻将桌之类，电脑也可以算，写稿收邮件看新闻的时候它是工具，不过在玩线上游戏的时候它就得算是欢娱用品。还有，我一直觉得最强有力的欢娱用品是人民币。

　　不过人家的欢娱用品似乎纯指性生活用品。还有热卖排行榜，排在首位的是"最新科技成果，经加拿大15位科学家历经2年研究开发的纯天然、无副作用、可长期服用的高科技尖端产品……你就等着奇迹的出现吧。临床经验证明98.17%有效，但因个人各因素不同，保证一个疗程里增长2英寸左右。"这种药丸的功效据称是"有效改善男性性功能，使阴茎增长变粗"，成分为"动物性腺提取物、蛋白质、葡萄糖、矽树脂、纤维素等"。不算贵，"四盒惊爆价850元"。

　　你相信它有用吗？以最新科技成果和科学家的名义？当然了，我不相信看来一点儿关系都没有，如果这个排行榜是真的，那么还是有很多苦恼的男性相信的，即便是抱着姑且一试的想法，也还是花了钱。

　　基本上所有的调查报告里都说，男性在这方面最多人会有的烦恼是装备不够雄伟。看来，他们一点儿都不相信女性在调查报告中的态度——大多数女性声称男性装备的尺寸和口径并不是最重要的。

　　事情到了这个地步看来肯定还有另一个答案，那就是，男性希望自己的装备蔚为大观，情形类似于女性把自己打扮得花枝招展，有时候并不完全是取悦男性，而是希望骄之同类。

　　本着诚实的态度，我觉得完全可以理解男性在这方面的烦恼，就像可以理解某些女性觉得自己"太平"而希望能够有所改善的烦恼一样。但是，我觉得如果有人愿意相信这个配方有效的话，不如土法上马，动物性腺这玩意儿，菜谱里就有，牛睾丸似乎是道西餐里的菜，而鸡睾丸在粤菜馆里就有，至于蛋白质葡萄糖和纤维素之类如何大量摄取，就不用我啰唆了。

　　对了说起关于女性"太平"的烦恼，忽然想起曾经有个男同事鼓足了勇气来问过我："听说你们广东菜谱里有一种汤，有助于改善这种状况,好像有木瓜之类的配料……"听得大笑,同他说:"这位兄弟，你别乱来，是有这道汤，和略煎过的鲫鱼一起煲，煲出来是有点像牛奶，不过，那是人家生了小娃娃之后催奶用的，和隆胸没关系。"

　　如果我的同事有购买欢娱用品的打算，我的建议会是，买物理类的欢娱用品比较保险，化学类的，就算广告说得天花乱坠，也可免则免，谁知道那都是些什么玩意儿，连西班牙苍蝇都名列其中，我早在专栏里说过了，那是毒药，出过命案的。

凡事总有第一次

凡事总有第一次，第一次上幼儿园，第一次上学，第一次拿满分，第一次不及格，第一次下馆子，第一次喝啤酒，第一次去上班，第一次挣到钱，第一次去面试，第一次买房子，第一次离开家，第一次学跳舞，第一次心如鹿撞……基本上咱们的生命之旅由无穷多的第一次作为路标及站牌，咱们开始开步走，由生涩而熟练，到觉得自己 N 项全能非常熟练的时候，也就差不多到终点站了。

有些人对所有的初次经验均念念不忘历历在目，有些人则对所有的初次经验稀里糊涂语焉不详。不过，几乎所有人都对第一次的性爱经验记忆非常清楚，以至于说到第一次，如果不是特别说明，基本上就是指第一次的性经验。

同一幢大楼里工作的人不知道是否可以都算作同事，如果算，那我的同事真的很多。同事之中有对初吻印象已经完全记忆模糊的，也有对第一次做爱应该在谈恋爱多久之后发生心存困惑的。

基本上所有的性调查都会列有询问调查对象初次性交年龄的问题，光是调查年龄有什么用处说真的我还真不知道，如果瞎猜，我觉得大概是社会学家们比较感兴趣，例如评估咱们是否世风日下还是有所好转，还有安全套厂商，他们应该挺高兴知道应该对什么年龄层的少年家长们建议加强安全教育。光从生物学角度，要干这事早就可以干了，这种调查数据最多只可以反映咱们的青少年群体自制力平均有多强，平均可以憋到什么什么岁数才开始折腾。

每年的调查结果都让人欣慰，基本上大伙都可以憋到平均17岁左右才跳上床。

其实，说某些人士喜欢这种结果不是没道理的，前一阵子中新社驻巴黎的记者就发了某法国报纸上的一条新闻，新闻里说，"法

国人初次性经验的平均年龄，目前是 17.4 岁，而在今天 55 岁的
一代人是 17.9 岁。女孩的年龄有所提前，目前是 17.6 岁，上一
代则为 18.9 岁……在第一次性经验上，法国的青少年依然被欲
望和胆怯所困扰，认为法国人放纵的印象已被统计数字否定。"

　　不过，这种消息也容易让某些人不高兴，比如，据一份对全
球 14 个国家及地区青少年所做的性调查报告显示，台湾地区青
少年受访者中有 49% 在第一次性经验中未采取安全措施，远高于
各国及地区平均值 28%，第一次性行为缺乏避孕工具的比例高达
62%。不过还好，调查显示第一次性行为发生平均年龄是 17 岁。

　　而一项由香港艾滋病基金会及香港大学医疗心理学部进行的
针对香港屯门中学生高危行为的调查则比较吓人：在 2886 名中一
至中五的受访学生中，约 10%—15% 的学生同时吸毒、饮酒、接触
色情刊物及抱性开放态度，而近 40% 有性经验学生有多名性伴侣；
54% 的受访者性教育知识不足……在 141 名性生活活跃的受访者
中，于 14 至 16 岁之间有第一次性经验，男学生平均年龄为 12.7

岁，女学生为 14.3 岁。此外，38% 的男生及 13% 的女生表示有多名性伴侣。至于避孕方法，只有 44% 的人表示会用避孕套。"有学者指情况令人担忧，促请家长、学校和社工多留意青少年，防患于未然。"

凡事总有第一次，不过，如果知道这第一次在调查问卷中还有这样的社会意义，不知道对于咱们大部分已经经历了第一次的同事们来说，在回首眺望往事的时候，是否会顺便增加一项对自己当年自控能力的评估。

初次之后谈感想

　　在一部旧片里，老男人对小男孩说："有一天你会吻她，然后，你会用这个吻，来衡量和评价你这一辈子里其他所有的吻。"

　　做爱也会是这样吗？好像不一定，有些人，一开始的经验非常坏，有些人，属于顺利及格，基本上这属于积分赛。就像我在海南劝说一位朋友尝试榴莲，他听我说得天花乱坠之后满腹狐疑地吃了一小口（那其实简直算不上一小口），然后吐了出来，说："嗷。"

　　我只好解释："这其实很像第一次，不一定马上很喜欢，第一次就很喜欢的属于天赋异禀；大部分人都是慢慢习惯适应了才开始好这一口，但也是想起来要吃的时候吃；有酷爱的，吃得恨不得倾家荡产；当然也有就是不爱吃的……"越来越觉得榴莲是最性感的水果，凡是和性有关的情形它都太适合拿来打比方，适合得在解释和介绍它的时候只好拿性来打比方。

有同事问过我，第一次发生之后，会是什么样的情形呢？你好像专栏里从来没说这个问题。听了几乎晕过去："咱们的报纸不是青少年读物啊，我当然假定大家都是熟练工人。"

……好吧，要回忆往事，或者看看别人回忆往事，这里有一个不含任何数据的国产版本之女性初次性爱经验的调查：

"第一次性生活很痛苦，特别疼。我真的完全是为了爱才接受，因为爱就要忍着，就要付出。他都不忍心了，说，看你那痛苦的样子就算了。第一次做完后，觉得世界上的人都变了。在街上见到一个人就会想，他晚上会做那件事，好像看到了人的另外一面。"

"我们结婚后性生活一直不成功，好几天之后才成功，没什么快感，只感到心理上的满足。"

"我们登记后就有了性关系，那时还没举行婚礼。第一次除了疼没什么感觉。有一种感觉，觉得自己从此是大人了。"

"我们的第一次没什么感觉，心里觉得有点紧张，不很疼，稀里糊涂地就过来了。"

"我初次性交是 21 岁，是在婚前。没觉得特别疼。"

"第一次特别疼，后来也有时候会疼。"

"那天他来到我的宿舍，那是我第一次性交。他把我按在床上，进入以后有一点痛。在这之前我只知道男人要进入女人的身体，可不知道要进哪儿去。他进入以后，我有一种两人融为一体的感觉。我认为，这就是说，我们要一起生活了，有一种'我是他的人了'的感觉。"

至于男性，好像暂时还没有国产版本的男性第一次性经验专门调查，只好用进口版本。在《海蒂性学报告》里：

"那是次失败的经验……她花了时间来教我，在她教我之前，我一点都不知道如何取悦女人。"

"我用伸直的手臂把自己撑得高高的，因为我怕自己瘦削的身体会压扁那女孩。"

"18 岁。我记得自己在想：'哇！真不敢相信,我干了什么事！'那是我拥有过的最强烈的情感，让我非常自豪，我甚至带着满溢的保险套到朋友家，让他看看我真的泡上了一个女孩。"

"……我吓坏了。在我进入她体内时，我一直在想：'就是这样了吗？'我不觉得和自慰有什么不同。"

"……我们的热情被蜂拥而至的蚊子打断，因此回到车的后座。慌慌张张地套上保险套，颤抖地期盼即将发生的事。……整个过程没有拖很久，不过我已经发现了一个充满欢愉的新世界。"

哎。我的大部分同事很怕榴莲，见了就逃。如果他们肯像尝试做爱那样去尝试榴莲，也会发现一个充满欢愉的味觉新世界。

中了你的美人计

光是听她说:"我最爱你。"或者光是听他说:"我相信你。"……不是不行。可就是有人连这都可以研究证据的。

20世纪80年代中期,两位英国动物学者贝克(RobinBaker)和贝利斯(MarkBellis),想确定精子大赛是否真的发生在女人身上,且,如果真有精子大赛,女人是否能够加以控制。结果嘛,他们对女性的高潮有了听起来特别像阴谋论的解释。

他们先衡量男人一次的射精量,以及产生的后果。结果发现,存留于女性阴道的精子量,因性高潮的倾向而有差异。如果女性没有高潮,或在男性射精之前高潮超过一分钟,留存于阴道的精虫极少。如果女性高潮先于男性射精,但时间少于一分钟,或发生在男性之后的45分钟内,则大部分精子都留在阴道内。有时还和上次性交至今的时间间隔有关：间隔越久，留存的精子越多。性交中唯一增加受孕机会的方式就是"延迟高潮"。

一般现在网上调查婚外情的玩意儿相信大家都看过，没什么大意思。可是这个题目让科学家来做，就能吓你一跳了——

两位贝氏科学家除收集志愿参与实验夫妇的实例，还收集了4000份问卷答案作为例证，他们关于这个研究项目调查出来的婚外情，总结得出的内幕消息是：贞节妇女的高潮有55%都是延迟高潮，也就是最容易受孕的形式。

至于不贞女人和丈夫性交时的高潮，只有40%属于延迟高潮，和情夫则高达70%。同时，不知道是有意还是巧合，她们与情夫的性交时间，通常都是每月最容易受孕的时候。外遇女人和情夫的性交次数高过丈夫的两倍，孕育情夫儿女的几率也稍稍高过丈夫。

两位科学家认为这些结果就是两性演化军备竞赛的证据——男性设法以各种方法增加成为人父的机会，女性却演化出一套精致的技巧，她可以利用高潮，选择使卵子受精的精子，确保依自

己的条件受孕。

　　——相信看到这里，男性们会觉得多少受了点儿刺激。这其实是著名的贝氏理论的部分内容。如果这个研究结论正确，那么女性都已经不知不觉在实践这个策略了。不过呢，这当然只是典型的演化观点。

　　两位科学家承认他们发现的只是线索，刺激的结果还在后面——他们接下来还想要确定人类婚外情的程度。利用基因测试，他们发现利物浦一幢平房的居民中，五个人当中约有四个不是父亲的亲生骨肉，在英格兰南部的测试，结果相同。好了，轻微程度的通奸通过高潮的效应，就能造成相当程度的红杏出墙。女人可能在不知不觉中，既没有放弃丈夫，又和更具遗传价值的男人维持婚外情。

　　……还要往下听吗？唔，那个男人射精量的实验也是他们做的——整天和太太在一起的男人，其射精量远远少于太太整天不在身边的男人，男人好像在下意识中，试图补救太太可能的不贞。

其实最早这个实验的对象是大型老鼠，公鼠只要知道母鼠最近接近过别的公鼠，射精量就增加一倍。

忽然想起了我有一个同事 N 多年前的旧作，一首歌的歌词。记性不算好，大概意思是这样的吧："世上的男人知多少啊，偏偏是我陷入了情网。以为是机会来到，其实是中了圈套，本来是我是我勾引你啊，其实是中了你的美人计……"到了今天，用来形容演化中的两性经典场景，我觉得非常合适。

噢还有："请你引诱我啊，请你引诱我啊，用你的美貌，做我的手铐啊……"真的年轻飞扬啊是不是？——猜猜那是谁。

微风吹拂化工厂

　　有相当一部分人，在起了做爱念头的时候，他们的目标并不是打算做出个百年好合。例如，碰到多年以前的旧爱或暗恋对象，并不打算执子之手与子偕老，又为之辗转反侧，在这种时候，是隆重上床有助于解决自己的燃眉之急，还是相敬如宾有助于保持纯洁的友谊地久天长？

　　这样的同事和朋友，我有。在这个时候，我们讨论的主要是"做，还是不做，这是个问题"。而需要我负责提供的资讯，主要是大概说一通大脑化学的玩意儿，把爱情这事化学化。

　　通常，人们在正在进行一段感情的时候，都比较痛恨那些把爱情拆解成一堆方程式的人，然而，在打算开始或者结束一段感情的时候，就会比较愿意听别人说一点化学的事情。从这方面听听分析找找原因，总比一个人坐在那里琢磨自己和禽兽的差别要好得多。

把爱情拆解成方程式的研究者包括列伯维茨（Michael Liebowitz，《脑化学》一书的作者）和沃什（Anthony Walsh，《爱情的科学：理解爱及其对脑和躯体的作用》一书的作者）。

按他们的说法，爱情的反应可能会有大脑化学的基础，至少有一部分——热情洋溢的爱中最初的兴高采烈和精力充沛的"高潮"、轻率和欣快的特征是三种叫做神经递质的大脑关键物质达到峰值后的结果。

神经递质是让大脑细胞发生相互作用的东西，这些神经递质包括去甲肾上腺素、多巴胺和苯丙氨酸（PEA），它们的化学结构很类似安非他命类药物——因而它们产生类似安非他命的作用，例如欣快、轻率和兴高采烈。正如沃什所说："当我们遇到一个吸引我们的人的时候，这股微风就吹到了 PEA 的工厂。"

不过，这种与新的爱情相关联的类安非他命物质所产生的高

潮，一般不能保持长久——可能一部分是因为躯体像对待安非他命一样，最终产生了 PEA 和相关神经递质的耐受性。

随着时间的推移，我们的大脑仅仅因为不可能跟上要求，不能为爱的特殊需要产生越来越多的 PEA，我们在关系开始时所感受到的高潮，最终就会消失——这个观察提供了一个可信的生物学解释，说明为什么热情洋溢的爱或者浪漫的爱都是短命的。

而列伯维茨提出了爱情与安非他命的另一个相似性——伴随失去或者可能失去浪漫的爱情关系而来的焦虑、绝望和痛苦，类似于一个安非他命成瘾者在戒断时所经历的感受。在这两种情况下，提高情绪的化学物质消失后，有时候会导致感情痛苦时期的延长。

然后，列伯维茨和沃什都说，存在着其他的脑化学物质，有助于解释为什么有的关系能够超越最初热情洋溢的阶段而保持长久——那可能是来自大脑渐渐地产生出的另外一套被称为内啡肽的神经递质。这些吗啡类的化学物质是安慰性物质，有助于产生安全感、宁静感和平和感。这可能是为什么被抛弃的恋人在他们失恋后感到那么可怕的另一个原因——他们感到舒适的常量化学物质的产生被剥夺了。

……在啰唆完这套方程式之后，我总会告诉我的同事或者朋友：你最好是了解或者试着了解自己脑子里的化工厂。有时候，它会不管你的理智和智商如何，自说自话地就开工。它开工之后，你当然知道是哪一股微风吹得它开工——然而，在微风吹拂之下，你打算接下来让它生产的是安非他命还是内啡肽？隆重上床或者不上床之后，会有什么产品出现，还是可以期待和估计一下的。

通常，这种讨论是否要和伴侣以外的人上床，以解决刹那间个人激情需要的情形，都比较困惑，因为，需要定夺的都是——是否要和安非他命来一手，而这些困惑的人们，自己都已经拥有内啡肽。

在天愿作比翼鸟

最近在大肆看闲书。办公室里这样向同事汇报读后感："据说著名的'在天愿作比翼鸟'，可能是床上运动各种招式之中的一种……"

说起来，自从写这个上来话题就直奔脐下三寸的专栏之后，有空时再仔细学习一下《素女经》、《玄女经》，已经不算看闲书，可以算是做功课。做这种功课，做着做着做到《天地阴阳交欢大乐赋》上去，那就一点都不奇怪了。本来，是打算看完这经那经的理论，去大乐赋里找点八卦来印证一下。

我觉得《素女经》、《玄女经》啊什么的，要是放到咱们现在，就是《新婚夫妇300问》的教材吧，不过也包装得很高端，因为所有的答案都是为了回答黄帝的，要是落到现在的书商手里，书名还不得改成《御前女医生对黄帝 100 个性问题的回答》。

据专门研究这类书的专家们说，黄帝就是历史上的三皇五帝里的三皇——伏羲、神农、黄帝——之一，黄帝应该是纪元前 2550 年的人，而"素女"之名，由来甚久，但她与房中术联系在一起，则大致始于东汉。

包装归包装，反正这类书里回答黄帝问题的女医生不止一个，素女医生还有个助手或者朋友，叫采女，跑去向彭祖讨教延年益寿的法子，这彭祖大家也挺熟，就是年画里那个老寿星。

另外，看来还有个单独执业的女医生，叫玄女。《玄女经》里说的事，就包括著名的九种床上运动招式"九法"：龙翻、虎步、猿博、蝉附、龟腾、凤翔、兔吮毫、鱼接鳞、鹤交颈。

至于怎么会从这里八卦到《天地阴阳交欢大乐赋》上去，那是因为赋里写唐高宗和武则天的那段："然乃启鸾帐而选银环，登龙媒而御花颜。慢眼星转，羞眉月弯，侍女前服后助，娇容左倚右攀。献素臀之宛宛，内玉茎而闲闲，三刺两抽，纵武皇之情欲；

下迎下接，散天子之髳鬌。"

在上海交大教授江晓原先生的《〈天地阴阳交欢大乐赋〉发微——对敦煌写卷 P2539 之专题研究》里，他说："据'献素臀'、'下迎下接'等字眼，极可能是并卧蝉附式，与《玄女经》'九法'之四'（上下）蝉附'稍异，即双方均处'下'位。考唐高宗好色体弱，而武则天则是名垂史册的荡妇，所以据描写……懒于行动任她摆布的高宗可谓勉为其难，算是尽了'绵薄之力'。"而在这个专题研究论文里，要论证的第一个问题，就是大乐赋究竟是白行简作的还是托白行简之名的伪作——然后，是在"确为白行简作的认识基础上，展开进一步的讨论"。

白行简，字知退，唐代文学家，是大诗人白居易的弟弟。……从这里再接着八卦到著名的《长恨歌》上，就不难了——然后，还真的又翻到一本印得稀里糊涂的台湾版的书，里面提到，关于"在天愿作比翼鸟"这句，据说是描写唐玄宗和杨贵妃像比翼鸟一般的侧卧位的性技法——赶紧拿着"九法"再对照了一通，虽然里面有"凤翔",可那其实和著名的比翼鸟姿势不太相干,要说"比翼鸟",还是归到"蝉附"的变通里比较贴切。

我和同事嘀咕说,这哥儿俩是不是其实都挺喜欢"蝉附"的啊?这得算我的独家八卦了吧。

跋　一

老友东西

＜一＞

受邀写这篇跋的时候，一时间，是那句话，往事历历在目。

我跟她认识差不多 20 年了。1993 年认识的。我们都认识那么久了吗？

第一次见她就被秒杀了。那时，我是跑出版口的报社记者，跟着出版社一起到广州出差，采访"南国书香节"。到宾馆，放下行李，晃到出版社先行抵达的某编辑的房间，见一美艳的酷似张曼玉的女子坐在沙发上，正和编辑聊着。

我们互递名片。咦，"黄爱东西"，好怪的名字啊。那年头，四个字的笔名实属罕见，何况，这个笔名还相当趣致。第一眼，她精致的五官、狐媚的气质、喑哑的嗓音、指间的香烟以及这个趣致的笔名，给我留下了深刻的印象。她是风格化的人，总是从人群中一下子就突出来了。

这就成了朋友。那次我从广州回到成都，很快就收到了她寄来的书。是她的第一本吧。这让我钦羡不已。那时我已经开始写作，在报纸副刊上发点小稿子，但出书对于我来说还是遥不可及的事情。紧接着，她跟四川某出版社合作的，就是在宾馆房间里谈妥的《大都市小女人》出版；又紧接着，她受邀来成都参加"四川书市"，签名售书。

那天，我去现场采访并看望她，她着一件红衬衣，配黑色小马甲，长发飘飘，笑颜盈盈，被读者围得个水泄不通。新华书店一女孩对我感慨说，哇！居然有这么漂亮的女作家啊！我很得意地对其他报社的同行说，瞧瞧，我朋友！有一女孩跟书店工作人员一起张罗着，我一看，居然是我中学同班好友。一问，原来我同学是她的表妹。这个巧啊。

<二>

不知什么时候开始,我一直叫她"东西"。有一次打她家里电话,结果是她一女友接的,笑着说:"我不是东西啊。"我也笑问:"那你不是东西是什么?"这个时期,我开始给东西主编的《信息时报》副刊频繁写稿。每一次稿子几乎都放在了头条的位置上,并得到了她的慷慨赞许。也是这一时期,她的《花妖》《相忘于江湖》《誓言》等书,一本接一本地出版,以"小女人散文掌门人"的称号名噪写作界和图书市场。而我在《信息时报》发表的文章,后来成为我的第一本随笔集《艳与寂》里的一个重头内容。为此,非常感谢东西,她给了我一个空间,给予我很多的鼓励,还以身作则为我确立了一个写作者的榜样。

<三>

关于"小女人散文",坊间说法多多,有赞赏,也有嘲讽。

但是，不管怎样，在当代文学史中，"小女人散文"作为一个流派，是绕不过去的，"黄爱东西"这个牌子是绕不过去的。她是领风气之先的人，作为一个作家来说，这就是一个了不起的贡献。

而对于读者来说，因为她文字的风格和个性非常突出，也牵引着读者较为强烈的甚至呈两极分化的情绪，喜欢的人很喜欢，不喜欢的人就很不喜欢。在我看来，这也是一个作家的贡献，她呈现出了她鲜明的轮廓，而不是以混沌面目示人。我自己是很喜欢看东西的文字的，她所有的书我都看过，她的机智、松弛、练达、幽默，总是让我相当愉悦。

<四>

熟悉东西的朋友都知道，跟她外表那"养尊处优不劳而获"的感觉全然相反的是，她是一个勤劳勇敢能干的劳动妇女，是一个热心仗义体贴的闺中好友。她真是能干得匪夷所思，做一手好

菜不说，还精通各种生活常识，拥有各种生活技能，不仅能修插座，还能修汽车！这么能干的女人，我真没见过。这些年来，我在好多事情上都请教她：什么时候买房？什么时候卖房？买什么样的楼盘？就连我家的狗狗该怎么养也请教她……成名太早有不少好处，但有一个坏处，就是容易厌倦吧。

东西有很多年没有出书了。这些年她自顾自地玩着，闲书八卦美食好茶，玩得有滋有味。如果她就这么一直闲闲地玩呢，也不错；但我更高兴的是，她终于又唤醒了自己对写作的热情，又开始出书了，我等读者又能看到她那些风格化的欢乐文字了。

＜五＞

这一本《我有一个同事》是东西写作题材上另辟的一条蹊径。

多年来，她观世阅人调侃自嘲，到了2002年的时候，她开始把她注意力的一部分放到了人的本性和本能上，以生物学专业知识作背景，撰写常态专栏的同时，兼写性科普专栏。

　　她又一次领了风气之先。因为刊载媒体《21世纪经济报道》的覆盖力、东西本人的知名度以及她在这个专栏中拿捏得当的分寸感和幽默感，《我有一个同事》成为当时最著名的性科普专栏，没有之一。

　　东西特立独行（我更愿意用烟视媚行这个词形容她）的个性，在这个新的主题写作上又一次彰显出来。

　　有人非议这个专栏，质问"是黄爱东西？还是东西爱黄？"我看了大笑，一方面笑此人的憨梗，一方面倒是欣赏其搞点文字小把戏的聪明劲儿。有女人对我说，看《我有一个同事》，真懂了好多事，也懂了好多道理。中山大学四年生物系学下来，东西可能自己都想不到现在开始学以致用了。

<六>

　　如今，东西已经不太像张曼玉了，她笑着说："我和她分头胡乱去长。"而我，曾经被她称奇的一双大眼睛，跟伤口痊愈一般变

小了。很多年过去了，我们都变了，我们各自的生活和性情都变了。在这多年里，我们曾经一起到她亲戚家赴家宴，一起在成都街头闲逛吃小吃，一起在三亚海滩抽烟，拣贝壳，一起在广州白云山吹风，看灯火，一起在番禺吃"大饭堂"，喝茶……

这些年来，我们或者畅聊至凌晨，或者很久通一个电话，很久通一封邮件，淡淡的，不多话的，却又是相知相惜的。好些个夜晚，有跟我们的成长岁月相关的事件突发的夜晚，我和东西总会通一个电话，聊一聊，也许会旁顾左右而言他，但，这样的一个电话，这样的一个彼此默契的问候，总是有的。二十年老友，久而敬之，谨以此跋纪念东西和我共同经历过的青春岁月。

洁尘

2012年2月24日

跋　二

我有一个姐们儿

当我还在念书的时候，黄爱东西已经开始写情感专栏了。当我开始写情感专栏，她已经开始写性专栏了，她可真先驱。

在个人专栏生涯中，三毛和她对我有很大影响，是她俩让我发现"噢原来文章也可以这样亲和地写"，以前我还是一本正经的。在推进全民写作的进程中，她居功至伟。

一个人身上，要有唐突的东西才显好。东西当年妖气冲天，又因生物系出身，平添几分传奇。对于她的专业能力，我印象最深的一次是她说起深夜成人热线话题：一个人与狗交配，会不会得狂犬病？仰天长笑后，可她并没有说出答案啊……

　　我把书稿看了一遍，颓废了，深感自己无知：知道鲸是3P么？知道某些螳螂自带挖精勺么？这种情色科普读物真不错，又能让我一本正经地在饭桌上耸人听闻了，现在科学这么时髦。这本书出得太及时了，麻辣情色女教师形象老讨喜了。

　　不过东西生活中还是很正经的，甚至有点古板。当年她"非诚勿扰"过我，撮合成功后还送了电饭煲和传真机，在那个年代，这些东西不便宜哒。后来分了手，她竟然找到男方，把东西要回去——电饭煲最终没要，因为毕竟是吃饭的物什。我在遥远的北京啧啧称奇，太特立独行了。

　　其实她是面冷心热，可能因为是家中长女，有种罩着别人的气质。但她自己的情绪并不太外露，一般都好颜好色，没太见过她生气，就有一回我丈夫说她说话声儿像个老太太，她不依不饶了好几年。

　　东西是出色报人，当年的《明星周刊》，势头甚好，因为什么事来着，给停了。那年张国荣自杀，感慨之余，想到如果她的报纸来做专题，一定会精彩，问她，只回了一句：我命苦哇……那之后她消停了好几年，再见已是一副不问世事的样子，买菜，做饭，把锋芒都收了。

对我生活有重大正面影响的人，我一辈子也不会反水，她说什么都是对的。

我也不分好坏，只分亲疏，因为人一辈子总要有个把这样的姐们儿。我问：写性专栏会不会对性就无兴趣了？她答：那消化科的不吃饭，肛肠科的不排泄啦？好吧，来恭喜她转战"情色松鼠会"！

赵赵

2012年2月27日